# Las llaves del reino

# Eduardo Sacheri

# Las llaves del reino

**Las llaves del reino**

Primera edición en Argentina: junio de 2015
Primera edición en México: abril de 2016
Primera reimpresión: julio de 2016

D. R. © 2015, Eduardo Sacheri

D. R. © 2015, de la edición en castellano para todo el mundo:
Aguilar, Altea, Taurus, Alfaguara, S. A. de Ediciones
Humberto I, 555, Buenos Aires

D. R. © 2016, derechos de edición para México y América Central:
Penguin Random House Grupo Editorial, S. A. de C. V.
Blvd. Miguel de Cervantes Saavedra núm. 301, 1er piso,
colonia Granada, delegación Miguel Hidalgo, C. P. 11520,
Ciudad de México

www.megustaleer.com.mx

Los artículos que conforman este libro aparecieron
por primera vez en la revista *El Gráfico*, publicada por
Torneos y Competencias, durante 2011, 2012 y 2013.

D. R. © diseño: proyecto de Enric Satué

ISBN: 978-607-314-205-2

Impreso en México – *Printed in Mexico*

El papel utilizado para la impresión de este libro ha sido fabricado a partir de madera procedente
de bosques y plantaciones gestionadas con los más altos estándares ambientales, garantizando
una explotación de los recursos sostenible con el medio ambiente y beneficiosa para las personas.

Penguin
Random House
Grupo Editorial

*Para Francisco. Por algunas cosas nuestras.*

## Nota del editor

Los artículos aquí reunidos aparecieron en la revista *El Gráfico* entre 2011 y 2013. Muchos de ellos fueron recopilados además en el libro *Aviones en el cielo* publicado por El Gráfico Ediciones en octubre de 2012.

Hoy los ofrecemos corregidos por el autor y en la editorial de toda su obra, listos para el encuentro con los innumerables lectores de Eduardo Sacheri y en la seguridad de que encontrarán muchos más. Lectores dispuestos a sonreír y a conmoverse con estas visiones en las que el fútbol es siempre infinitamente más que un deporte.

# Aviones en el cielo

La historia que me propongo contar empieza de noche, en un aeropuerto, mientras espero que se haga la hora de tomar un avión, el 18 de noviembre de 2010. Y termina también de noche, tres semanas después, el 8 de diciembre. Termina conmigo tirado boca arriba, en el pasto, con los ojos fijos en el cielo oscuro de la una de la mañana.

Por supuesto que las dos, el principio y el final, son decisiones arbitrarias. Al fin y al cabo: ¿cuándo empiezan las cosas?, ¿cuándo terminan? Siempre que decidimos contar algo, cortamos la cadena del tiempo en un eslabón. Un eslabón cualquiera, visto desde afuera. Un eslabón esencial, visto por nosotros mismos.

Son las diez de la noche. Estoy en el aeropuerto de Ezeiza, sentado en una sala de embarque casi vacía, esperando que se haga la hora de subirme a un avión. A través del ventanal veo los aviones, alineados en la pista, y vuelvo a preguntarme cómo es posible que no se caigan mientras vuelan. Así de grandes, así de pesados. Y yo que me dispongo a subirme a uno por espacio de diez horas y nueve mil kilómetros. Yo sé que hago mal, pero les tengo pánico.

Pero esta noche lo del avión no es lo único que pasa. Ni lo más importante. Hay algo más. Juega Independiente. Por la copa. Semifinal, partido de ida, contra la Liga, en la altura de Quito.

Pero tampoco eso es lo más importante que pasa. Lo más importante es que en casa está mi hijo, desesperado por ese partido. No me lo ha dicho, o no me lo ha dicho del todo, pero el tipo está como loco con la posibilidad de que el Rojo gane una copa. Una copa que, para él, sería la primera. Pobre hijo: flaco favor le hice haciéndolo del Rojo en esta época. Cuando mi viejo me pasó la posta, en los años setenta, me hizo un favor, un don, un regalo. Me dio un equipo que ganaba copas como si fueran caramelos que uno se sirve de a puñados. Cuando yo lo enamoré a Francisco de Independiente, en cambio, lo puse a sufrir una sequía que parece perpetua. Un campeonato en el 2002 y gracias. Nada antes, nada después. Un rey de copas sin copas, tapado de telarañas y de fotos amarillas.

Ahí, mientras miro los aviones estacionados, lo llamo por teléfono. Lo escucho optimista. Promedia el primer tiempo e Independiente aguanta bien en la altura de Quito. Juega mejor. Lo tiene controlado. Está lloviendo en Ecuador. Yo le digo que esa de la lluvia es una buena noticia. Que me dijeron, que alguna vez escuché, que con lluvia el efecto de la altura disminuye. No sé si es cierto, pero se lo digo igual porque lo quiero tranquilizar, acompañar de alguna manera, en semejante partido.

Antes de cortar la comunicación, de todos modos, le tiro algunas frases de alerta. No sé si hago bien, pero me da miedo el tamaño de su ilusión. Porque yo sé que, lo más probable, es que Independiente no gane esta copa. Y me gustaría evitarle a mi hijo ese dolor, ese desengaño. Por eso me propongo prepararlo: ojo que no somos ninguna maravilla, le digo.

Ojo que la Liga es un equipazo, le digo. Ojo que con el Tolima pasamos raspando, le digo.

¿A quién estoy protegiendo? ¿A Francisco, que con sus catorce años me parece demasiado tierno como para cargar sobre las espaldas semejante desengaño? ¿O a mí mismo, que a los cuarenta y dos estoy tan indefenso como él frente a las inclemencias de la derrota?

A las diez y veinte recibo el primer mensaje. Mala señal. Si me manda mensaje en lugar de llamarme es que son malas noticias. "Perdemos 1 a 0." Me tomo un minuto para pensar la respuesta. Le digo que no es tan grave. Perder por uno en la altura no es tan grave. Pasa un rato. Deambulo frente al ventanal. Ahí siguen los aviones, esperándome. Pero no les tengo miedo. No porque me haya vuelto valiente de repente, sino porque estoy mucho más preocupado por mi hijo y por mi cuadro. Me llega un segundo mensaje. "Otro más", dice mi hijo. Pero eso no es lo peor. Porque agrega "Me cansé de perder. Me voy a dormir". Me cuesta tragar cuando lo leo. Sé que miente con eso de que se va a dormir. Sé que va a seguir mirándolo hasta que termine. Pero no sé qué decirle. Yo sé que la vida es mucho más perder que otra cosa. ¿Pero vale la pena que se lo diga?

Le respondo que todavía queda alguna chance de darlo vuelta en Avellaneda. Pero que si nos meten otro más, ahí sí estamos al horno. Casi enseguida me responde. "Nos están matando. No hay forma. Ya caí en la realidad." Y a mí, solo entre las hileras de asientos vacíos, me dan unas ganas de llorar que me cuesta contenerme. Porque no quiero que las cosas sean como son. No quiero que caiga en la realidad. No me consuela el hecho de comprobar que mi hijo, por detrás de su pasión, sabe ver el fútbol, y por eso comprende lo fritos que estamos, lo cerca que quedamos de estar afuera de la copa.

Me sube una bronca ridícula desde las tripas hasta la piel. Unas ganas locas de agarrarme a trompadas con el responsable de todo esto. Pero ¿quién es el responsable? ¿Con quién me tengo que pelear? ¿A quién le tengo que cobrar la angustia de mi hijo? ¿A los jugadores? ¿A los dirigentes? Sospecho que no. Porque en el fondo la culpa es mía. Yo lo eduqué así. Yo le inculqué ese amor inútil. Yo lo entusiasmé en estas hazañas improbables. Yo le contagié este amor sin fundamento ni contrapartida.

Y sin embargo, al escribir la respuesta, termino escribiéndole: "No te rindas". Lo envío y sé que es una estupidez. Porque sería mejor que se rindiera. Que se entregara. Que dedicara sus energías y sus angustias a causas más nobles.

Y enseguida recibo otro mensaje. "3." Ese es todo el contenido. Así de simple. Así de terminante. Perdemos 3 a 0. No hay modo de meterles cuatro goles en Buenos Aires. Ahora sí, estamos listos para toda la cosecha. Yo lo sé. Francisco lo sabe. ¿Qué le contesto? "Mejor olvidate de todo lo que te enseñé. Este amor no sirve para nada." Eso debería responderle. Pero no me atrevo.

Jugueteo con el celular. No sé qué decirle. En esto estoy cuando recibo otro mensaje. Pobre de él. Pobre de mí. Abro el mensaje dispuesto a enterarme de que nos metieron el cuarto. Pero no. El mensaje dice: "3 a 1. Silvera". Eso es todo. Vuelvo a mirar hacia afuera. Sin querer, pienso lo que no debería. Hago cálculos. Ahora volvemos a necesitar dos goles en Avellaneda para pasar de ronda. No debería pensar en esa idiotez, pero igual la pienso.

Afuera siguen esperando los aviones. Recibo otro mensaje. Me digo que ahora sí, este debe ser el 4 a 1. Pero vuelvo a equivocarme: "Gol de Mareque de derecha al ángulo". No lo puedo creer. Ahora nos alcanza con un gol en Avellaneda para ser finalistas. Me dejo ganar por la maravilla. Sigo ahí, solo en el embarque. Pero no estoy solo. Ni estoy ahí.

Siento que de nuevo estamos en carrera. Pero sé que falta un rato largo de partido. No sé qué hacer. Cómo ayudar a mi hijo, cómo auxiliar a Independiente. Es la hora de las promesas. Le rezo a Dios y le prometo que, si el Rojo termina 2-3 en Quito, no me voy a quejar del vuelo que me espera. Ni a la ida ni a la vuelta. Me pregunto si con eso será suficiente valentía. Me respondo que no. Entonces le prometo a Dios que, aunque el maldito avión se mueva como una coctelera todo el camino, yo voy a seguir sereno y tranquilito. Pero que a cambio, por favor, no vuelvan a embocarnos. Es una promesa estúpida. ¿Para qué corchos querría Dios someterme a turbulencias severas a cambio de mis pruebas de templanza?

No me importa. Prometo igual. No puedo hacer otra cosa. Estoy tan entregado a esta transacción que Dios no me ha pedido, que me olvido de responder el mensaje. Recibo otro. "En el Libertadores les tiemblan las patas." El mensaje me atraviesa como un viento, como un golpe, como una certeza que viene de lejos. Eso que dice mi hijo hoy, yo lo escribí hace diez años. Y eso que escribí hace diez años, lo escribí porque mi papá me lo dijo a mí hace más de treinta.

Y esa cadena repentina de memoria y de lealtad me deja tieso. Acabo de entender que el fútbol no es ni más ni menos que eso. Eso que me dio mi viejo, y que yo le paso a mi hijo. Ese amor gratuito, esa esperanza desbocada. Ese dolor, esa rabia, esa fe rotunda en que, alguna vez, habrá revancha.

Al final, me gasté cualquier cantidad de palabras contando el principio, y me quedé sin espacio para narrar el final. Ese final que adelanté de entrada, y que me tiene a mí, tres semanas después, tirado en el pasto, de cara al cielo de la noche.

Agrego un par de imágenes. Unas pocas, para que cualquier futbolero, sea del cuadro que sea, pueda entenderlo. Estoy tirado en el pasto, boca arriba. Tengo los brazos abiertos y las piernas abiertas, como si así pudiera abrazar mejor el sitio en el que estoy. No estoy solo. A mi lado, unos metros más allá, mi hijo hace lo mismo. Sé que siente el pasto húmedo de rocío debajo de la cabeza, de la espalda, de las piernas. No tuerzo la cabeza para verlo. Quiero que este premio lo disfrute a solas, aunque estemos a tres metros uno del otro. Sé que está profundamente dentro de sí mismo. Es como si yo no existiera. Es como si los otros miles de hinchas que dan vueltas por el césped, después de dar la vuelta olímpica, tampoco estuvieran.

Francisco está cobrándose todas las angustias, todos los dolores, todos los partidos perdidos, todas las gastadas que nos comimos, todas las amarguras que cosechamos, todos los nervios que nos chupamos. Está volviendo el contador a cero. Para volver a creer. Para volver a jugar. Y yo hago lo mismo. Esta noche, Independiente me paga todo lo que le di.

Arriba, los reflectores del estadio oscurecen la cancha. Más arriba, hundido en la oscuridad, tal vez, aunque no lo vea, algún avión esté cruzando el cielo alejándose de Ezeiza. Más arriba, más hundido en la noche, tal vez, aunque no lo vea, alguien nos esté viendo a los dos, las patas y los brazos abiertos, volviendo a nacer sobre el pasto húmedo de Avellaneda.

## Veinte pibes en la cornisa

Para aquellos que amamos el fútbol, **no** resulta fácil transitar el verano. Esos casi dos meses en los que el fútbol nuestro de cada día se toma vacaciones. Nada fácil.

Por un lado, las radios nos bombardean con "el mercado de pases": novelas interminables en las que nos entusiasmamos con la hipotética llegada de grandes refuerzos a nuestros equipos, nos asustamos ante la posible pérdida de jóvenes valores que pueden emigrar a Europa, nos esperanzamos con la repatriación de algún pibe prometedor que acaba de cumplir un par de temporadas en el hemisferio norte, y nos sorprendemos ante la chance de que ignotos jugadores de otros mercados sudamericanos vengan a "romperla" a la Argentina.

Esas novelas —excepto para los hinchas de los clubes muy afortunados— terminan siempre igual: los grandes refuerzos no llegan, los jóvenes valores se las toman, los repatriados efectivamente vuelven —y después de verlos jugar dos partidos ya entendemos, amargamente, por qué volvieron— y los ignotos jugadores que vinieron a romperla, si la rompen, se van enseguida a Europa; y si no la rompen, siguen siendo ignotos.

Además del dichoso mercado de pases, el otro espejito de colores que suele prodigarnos el mundillo futbolero son los torneos de verano. Mamita… Yo sé que la mayoría de los futboleros natos, en medio de nuestra desesperación abstinente, terminamos entregando ojos y oídos a esos partidos de verano. Pero les ruego sinceridad: ¿alguien en su sano juicio —y un futbolero con siete semanas sin fútbol no es alguien en su sano juicio— puede darles algún valor a esos bodrios de pretemporada? En los primeros partidos los jugadores están fuera de estado, en los siguientes están duros por la sobrecarga de trabajo físico, y en los últimos están cuidándose para no romperse antes de empezar a jugar en serio. Que me disculpen los sponsors y los organizadores del fútbol veraniego, pero esos partidos no cuentan.

Sin embargo, por suerte, este verano tenemos el Sudamericano sub-20 de Perú. Y ese sí, me parece, es fútbol en serio. Es una especie de "fútbol con efecto retardado", como ciertas bombas que ciertos países arrojaban sobre ciertas selvas asiáticas. En medio del verano, y a pesar de ese ambiente raro de tribunas semidesiertas y partidos consecutivos con que se juegan esos torneos, allí se define ni más ni menos si la Argentina puede revalidar su medalla de oro en los próximos juegos olímpicos de Londres. Cuando se acerque la fecha de los Juegos, o la del Mundial Juvenil de Colombia, nos preguntaremos, seguramente: "Che… ¿con quién juega la Argentina?". Y quiera Dios que la respuesta sea: "Juega con tal o con cual" y no sea: "No, Argentina no juega porque se quedó afuera en el Sudamericano de Perú". ¿Es alarmante mi discurso? Le pido al lector que chequee cómo nos fue en el Mundial Juvenil de Egipto de 2009. Respuesta rápida: no nos fue de ninguna manera porque no lo jugamos. Y no lo jugamos porque en el Sudamericano previo (Venezuela) nos fue como el mismísimo demonio.

Pero, temores aparte, en lo que me quiero detener es en esos pibes que van a jugar el Sudamericano. Esos veinte pibes que rondan los veinte años. Esos veinte pibes que están en la cornisa. No sé si la palabra "cornisa" es la que estoy buscando. Pero no encuentro otra mejor. Es verdad que la palabra tiene reminiscencias un tanto trágicas, tal vez. Eso de estar en la cornisa suena a la posibilidad, al riesgo inminente de precipitarte al vacío y hacerte papilla cuando llegues al fondo. "Frontera", quizá, suena menos dramático. Pongamos "frontera", entonces.

A lo que voy, a lo que quiero llegar, es a meterme, por un instante, en la piel, en la historia de esos pibes. No necesitamos saber sus nombres. Ni conocer sus caras. Lo que me interesa es su momento. El momento en el que están. El momento que viven, el momento que comparten. El momento de estar en la frontera. Eso los iguala.

Algunos de esos veinte pibes tienen nombres conocidos. Porque debutaron en Primera, porque juegan en equipos grandes, porque han convertido goles, porque ya están en la foto de alguna vuelta olímpica. Y uno se sentiría tentado de ubicarlos en ese alto sitial de los consagrados, de los que van a triunfar, de los que van a hacerse millonarios célebres jugando en Europa. Y sin embargo… todavía no. Todavía les falta. Todavía necesitan la combinación exacta de algunas casualidades. Todavía pueden quedarse afuera de ese mundo rutilante que ya los alumbra, de lejos, con los parpadeos de la gloria.

Esos veinte pibes están entre los veinte mejores jugadores de fútbol de uno de los países donde mejor fútbol se juega. Por lo tanto, son parte de una elite dentro de la elite. Vienen preparándose para triunfar desde hace años. Desde que son chicos. Han tenido una adolescencia distinta a la de sus amigos. Han salido menos a bailar. Han tenido que resignar vacaciones. Han tenido que dejar la escuela a la que iban con sus amigos, para abandonar los estudios o para terminarlos a los ponchazos en el turno noche. Y eso, los más afortunados. Porque —seguro— otros vienen de barrios donde casi nadie termina el secundario, ni diurno ni nocturno. Y nacieron en familias que no saben de eso de salir de vacaciones. Pero casi todos, afortunados o no —me atrevo a pensar—, suelen tener los ojos de algún padre o madre o tío clavados en la nuca. En el mejor de los casos, esos ojos callan, y desean en silencio que esos pibes triunfen y se salven económicamente. Y, en esa salvada, salven a toda la familia. En el peor de los casos, esos ojos dicen, gritan, reclaman, exigen, pretenden, y cargan de tensión y frustración y miedo y desesperación a pibes que no tendrían por qué cargar con semejante peso a la edad que tienen.

Se me dirá —y tendrá razón quien me lo diga— que esos pibes son unos privilegiados. Que otros pibes también sufren presiones, y han soportado sacrificios y privaciones, sin tener esta posición venturosa de ser jugadores de fútbol, ídolos potenciales, estrellas incipientes. Es verdad.

Pero no todos esos pibes van a lograrlo. No los veinte. Aunque todo indique que sí, algunas historias terminarán en un no. Independientemente de cómo les vaya en este Sudamericano, algunos de estos pibes triunfarán en Europa. Otros tendrán carreras prestigiosas en el fútbol argentino. Otros harán caminos aceptables en clubes del Ascenso. Y otros se perderán en el olvido. Dejarán el fútbol, o el fútbol los dejará a ellos, que para el caso es lo mismo. Tendrán que inventarse desde cero una vida con la que no soñaron. Cambiar de rumbo, o encontrar uno, mientras los agobia la nostalgia de la vida que se les cerró en las narices.

Guardarán los recortes de los diarios de estos meses, y dentro de unos años se los mostrarán a los incrédulos. A esos amigos nuevos, a esos vecinos recientes, que no van a creerles que una vez, en 2011, estuvieron a punto de convertirse en estrellas.

Y nadie puede anticipar dónde residirá la diferencia entre unos y otros. Una lesión inesperada e inesperable, un representante inteligente o lo contrario, dos centímetros de altura de menos, tres kilos de peso de más, cosas que a los veinte años se están definiendo pero no están del todo definidas. Y en ese margen estrecho, en ese gris, una vida u otra. Así de trágico. En una de esas, no está tan mal esa imagen de la cornisa. De un lado, la gloria, la fama, la tranquilidad de retirarse a los treinta y pico sin necesidad de trabajar en el resto de la vida. Del otro, el anonimato desvaído en el que transitan la mayoría de los mortales. Ese mundo en el que habitamos casi todos los futboleros, que quisimos llegar y no llegamos. Esos pibes, los que por un factor u otro no serán estrellas, padecerán la mala fortuna de ser los últimos en bajarse del tren, antes de su trayecto al estrellato. No importarán sus sacrificios. Ni todas las veces que consiguieron esquivar la tétrica ceremonia de que les entregasen el pase libre. En sexta, en quinta, en cuarta división, o el mes pasado.

Están en la antesala de la gloria, pero en la gloria no habrá lugar para todos. Están ahí, a cuatro pasos. Algunos van a dar esos pasos. Y en los próximos diez o quince años nos vamos a topar con sus imágenes y sus declaraciones, y sus apellidos en los titulares de los diarios. Otros no. Otros van a caerse de la calesita con el último de los palazos que vienen derribando pibes desde las divisiones infantiles.

Terminarán jugando por nada. Como todos nosotros, los que ni siquiera estuvimos cerca. En los partidos de morondanga que jugamos cada fin de semana, tal vez nos topemos con ellos. Marcarán, frente a los simples aficionados, una diferencia notoria. En la pegada, en el tranco, se les notará que son distintos. Se les notará que "jugaron". Algún comedido nos soplará la justa. En las duchas o en la cerveza después del partido nos dirá: "¿Sabés dónde jugó este pibe?". Y después nos contará su historia. Una historia de inferiores en tal club o en tal otro. Una historia que nuestro informante terminará rematando con un "¿Te acordás del Sudamericano 2011? Este pibe jugó ahí. ¿Sabés con quién?". Y nos dará la nómina de los otros. Los que conoceremos todos. Los que recordaremos. Los que saltarán al otro lado de la gloria y el dinero.

Suerte, casualidad, inteligencia, buenas decisiones. O todo lo contrario. Y el resto de nuestra vida de un lado o del otro. A veces el fútbol se parece tanto a la vida que da miedo.

## Una de escorpiones

Empecemos por los datos y los hechos. Estadio de Wembley, septiembre de 1995, partido amistoso entre Inglaterra y Colombia, veintidós minutos del primer tiempo, empate cero a cero. El inglés Redknapp prueba desde afuera del área ("prueba" es apenas un modo de decir, porque en realidad saca un tirito intrascendente que viene al centro del arco y a media altura). Cualquier arquero en su sano juicio se limitará, en esa circunstancia, a flexionar los brazos, abrir las manos a la altura del pecho y aferrar el balón, caminar unos pasos hasta el borde del área y buscar un compañero para salir jugando.

Pero en el arco de Colombia está René Higuita, y el muchacho tiene otros planes. En lugar de llevar a cabo ese procedimiento tan sencillo, René se zambulle hacia adelante, como si su área chica fuese una pileta. Brazos abiertos, vista al frente, Higuita se lanza en palomita. ¿Y la pelota? La pelota sobrevuela su propio vuelo de arquero desquiciado. Higuita deja que el balón le pase por encima, por encima de la cabeza, por encima de la espalda, por encima de los muslos. Y en el último instante, como los héroes de los cuentos o los galanes de las películas, flexiona las piernas en pleno vuelo, para que las plantas de sus pies impacten esa pelota —que va derechito a convertirse en el gol más pavo del mundo— y despejen el peligro.

Esos son los hechos. Esa es la jugada del "escorpión", que recorrerá el mundo y quedará disponible en internet para todos los incrédulos que, como yo, de vez en cuando vuelven a verla. No será la única vez que Higuita la ponga en práctica. Solo es la más célebre. En lo personal no cometo el desatino de considerarla, como una encuesta de cierto diario inglés, hace unos años, "la mejor jugada de fútbol de todos los tiempos". Primero, porque desconfío de las encuestas. Segundo, porque descreo de esas elecciones de "El mejor *lo que sea* de la historia". Tercero porque no me caen del todo los diarios ingleses. Y por último, porque desconfío en grado sumo de un grupo de lectores que, puestos a elegir el mejor momento de un deporte como el fútbol, en lugar de elegir un gol votan por la negación de uno. Pero en fin. Allá ellos.

Lo que me interesa a mí, lo que me pregunto cada vez que vuelvo a ver esa jugada, es qué piensa Higuita en el momento previo a tirar el escorpión. Qué razones, qué impulsos lo motivan para hacer semejante cosa. Se me dirá que Higuita lo hace porque se trata de un partido amistoso. Que el partido no vale nada, y que por lo tanto el riesgo no es tal. No estoy de acuerdo con esa idea. Por empezar, cualquiera que haya jugado alguna vez al fútbol sabe que eso de los "amistosos" es una patraña. Cualquier partido de solteros contra casados, apenas empieza a rodar la pelotita, se convierte en un partido con mayúsculas. Un partido en el que los que juegan quieren ganar. Un partido a secas. Por otra parte, cualquiera que tenga mínimamente presente el currículum de Higuita sabe que al tipo, para hacer locuras y cometer desatinos, jamás lo amedrentaron circunstancias o rivales.

Y como para muestra basta un botón, les recuerdo a los lectores el partido por octavos de final del Mundial de Italia —sí, hablo de un mundial, señores míos— que juegan Colombia y Camerún. Higuita no tiene mejor idea —en pleno alargue y con su equipo perdiendo uno a cero— que pedir la pelota a uno de sus defensores, unos metros fuera del área, y pretender una gambeta con pisada y taco frente al camerunés Roger Milla. Pretensión que termina con robo de balón, corrida de Milla hacia el arco desguarnecido, gol de Camerún y Colombia afuera del Mundial.

De manera que no acepto que me vengan a correr con el argumento de que Higuita tira la pirueta del escorpión porque el partido no vale nada. Todo partido vale todo, y para Higuita da lo mismo un amistoso, un mundial o la vereda de su casa.

En el fondo, creo que si la jugada me obsesiona es porque sé que yo jamás haría una jugada como esa. Y no sólo porque jamás me dio la habilidad, sino sobre todo porque no me daría el carácter.

Cuando Higuita decide lanzarse de cabeza al pasto incurre en un riesgo gratuito, innecesario. La pelota le viene al pecho. El mundo está en orden. No hay peligro. Pero Higuita se lanza en una pirueta improbable por el simple placer de comprobar si le sale. Un peligro porque sí. Un riesgo que, además, tiene un costado egoísta. Higuita está jugando un deporte colectivo. No es un tenista que pretende resolver una volea sencillísima con una fantasía innecesaria. En ese caso, el tenista lo único que hace es arriesgar su propia suerte, su propio destino. Pero un arquero tiene en sus manos el inmediato porvenir de sus compañeros. E Higuita lo tira a la marchanta. Se apropia de ese instante del partido para cumplir su propio desafío. ¿Soy capaz de impactar el balón de espaldas, justo antes de que traspase la línea? ¿Soy capaz de calcular, sin ver, la trayectoria del balón, para sacarlo con los talones, o con las suelas de los botines? Esas son las cosas que tiene que pensar Higuita —aunque las piense tan rápido que ni siquiera él sabe que las está pensando— mientras el aburrido pelotazo de Redknapp se aproxima sobrevolando el área penal.

Hay gente que es así. Gente que asume riesgos simplemente porque les gusta el desafío de asumirlos. Gente que disfruta la adrenalina de sacudir la realidad para que se le desprendan las rutinas. Yo pertenezco a otra estirpe: la de los razonables y los prudentes, la de las personas responsables que saben que dos más dos es cuatro y que lo que corresponde hacer es alejar el peligro del modo más seguro y confiable.

Los sábados juego al fútbol con mis amigos, y cada dos por tres me enfrasco en sesudas discusiones con el Enano Bianchini, un exquisito del fútbol que se empeña en tirar caños dentro del área propia, en lugar de —cuando el peligro aprieta— meterle al balón una quema tempestuosa que la ponga en órbita. Cuando me toca jugar en el mismo equipo que Bianchini, me enfermo de los nervios. Porque sé que tarde o temprano va a tirar un caño, porque sé que los rivales saben que va a tirar ese caño, y porque sé que lo más probable es que la cosa termine en gol de los rivales de turno. Yo no soy así. No lo concibo. Si el peligro aprieta, el manual indica de punta y para arriba o, si de arqueros se trata, pelota embolsada y bien aferrada a la altura del pecho. Nada de piruetas. Nada de escorpiones.

Sé que mi raza es más aburrida que la de Higuita. Más numerosa, más prudente, más confiable, pero sin duda más aburrida. No sé si el equilibrio del mundo depende de la coexistencia entre los arriesgados y los responsables. Y desconozco si la proliferación de locos inmaduros egomaníacos y aventureros haría de este planeta un lugar más deseable o más atroz para la vida humana. En otros términos: no sé si la razón está del lado de Higuita o del mío.

De todos modos —nobleza obliga—, hay algo que debo reconocerles a los tipos como Higuita. Cuando se saltan la lógica, cuando desprecian la prudencia dentro de un campo de juego, recuperan precisamente eso. Que el fútbol es un juego, y en los juegos no importa únicamente el qué, sino también el cómo. Los otros, los que son como yo, los sensatos y confiables, tenemos tanto miedo de perder que a veces nos olvidamos de jugar.

Espero que ningún trasnochado pretenda traducir esta columna a términos bilardistas o menottistas. Esos debates me tienen sin cuidado. Yo hablo de otra cosa, aunque no tenga demasiado claro de qué es de lo que estoy hablando.

Creo que hablo, o espero estar hablando, de la valentía que Dios les reserva a algunos pocos. La valentía de poner en suspenso las conveniencias y las buenas normas del sano proceder, si el premio posible es la belleza del resultado, el asombro de los presentes, la admiración de los rivales, la memoria de los tiempos por venir.

En el fútbol, como en la vida, siempre hay más de una manera de hacer las cosas. Hay maneras prudentes y temerarias, exitosas y fracasadas, útiles

e inútiles, reflexivas y enloquecidas, exactas y azaro-
sas. Al fin y al cabo esta columna es —me parece—
el desconfiado homenaje que un tipo juicioso y bien
pensante se permite hacer a gente como Higuita. Uno
de esos pocos privilegiados que, como todos los demás, saben que ganar es lindísimo. Uno de esos pocos privilegiados que, a diferencia de todos los demás,
han entendido que por detrás y por encima de ganar,
hay otra cosa, más linda y más importante:

Jugar. Jugar porque sí. Jugar y gracias. Jugar y
punto.

## Pintura en aerosol

El pibe cruza Cañada de Ruiz volteando la cabeza para mirar atrás, de vez en cuando. No tiene miedo de que lo atropelle un auto. Es casi medianoche de un día de semana, y en el límite entre Morón y Castelar no hay un alma. Lo que el pibe teme es que aparezca un patrullero, que los policías se lo queden mirando, que le hagan preguntas. Sin ir más lejos, está seguro de que si algún caminante nocturno se cruza en su camino se asustará de verlo. Los vaqueros estrechos, las zapatillas gastadas, el buzo con la capucha puesta, las manos en los bolsillos. "Pinta de chorro", piensa de sí mismo el pibe. Todavía no ha hecho nada grave, el pibe, pero ya ha aprendido a desconfiar de quienes desconfían de él.

Dentro del bolsillo del buzo lleva el aerosol de pintura roja. Lo compró a la tarde, en una ferretería que queda cerca de su casa, en Morón sur, cerca de la base aérea. Después tomó el colectivo a la estación y caminó hasta la cancha. Partido de martes a la noche, televisado, sin hinchas visitantes, como se usa ahora en el Ascenso. Sacó la entrada con un vuelto del supermercado que se cuidó de no devolver, la semana pasada. Su madre lo había mandado a comprar, pero a la vuelta ella se distrajo y se olvidó de reclamárselo. Bingo. Veinticinco mangos a la bolsa. Los doce para el aerosol los consiguió rascando sus últimos ahorros.

Por eso, porque llegó con los pesos contados, sacó la entrada y encaró derecho para la tribuna. Nada de demorarse en la esquina donde los otros pibes se juntan a tomar una cerveza antes de entrar. Si no puede ayudar aunque sea con un billete de cinco, prefiere que no lo inviten.

Después del partido hizo lo mismo: salió solo y caminó para el otro lado: no hacia la estación y la parada, sino hacia el lado del puente. Caminó por delante de los Tribunales. Torció hacia las vías y pasó el túnel. No se cruzó un alma. Miró varias veces hacia atrás hasta que llegó a la pared pintada de blanco. La había visto dos semanas antes, desde un colectivo. No muy grande, recién blanqueada por militantes de algún partido político. Otro riesgo: que caigan esos militantes con la camionetita de salir a pintar y lo vean a él, justo ahí, justo en ese momento, usándoles la pared recién blanqueada.

Mira a los lados por última vez y se decide: saca el aerosol, le quita la tapa, lo agita y empieza a escribir. "GALLO" es lo primero que escribe. No se queda demasiado conforme con las letras. Más grande la G, más chicas las otras. Se aleja algunos pasos para ver el resultado. En general el tamaño está bien: el cartel tiene que leerse desde los colectivos. Es el gran deseo del pibe. Hay un montón de colectivos que terminan el recorrido en Morón y primero pasan por ahí y frenan en el semáforo. Un semáforo largo, además. De cuatro tiempos. Todos los que vayan a Morón van a leerlo.

El pibe es hincha del Gallo desde chico. No sabe del todo por qué. Por el barrio, supone, aunque tampoco. Un montón de tipos del barrio son hinchas de otros cuadros. El novio de su madre, sin ir más lejos, vive burlándose de él por eso de ser hincha de Morón. "Yo te pregunto de equipos de Primera", le dice, como si ser hincha de Morón fuese una mancha, un defecto, un amor de segunda categoría. "No te puedo creer que no seas de ninguno", se asombra, gastador, frente a la repetición de la respuesta. "¿Y por qué no te hacés de Boca?", le ha preguntado más de una vez. Al pibe le han dado ganas de contestarle: "¿Y por qué no te vas a la...?", pero se ha contenido. Total para qué. Comerse un problema al divino botón. Mejor callarse.

El pibe se arremanga el buzo, para que no le estorbe. Sigue escribiendo. "MI UNICO..." la frase que tiene pensada no termina ahí, pero no quiere seguir sin constatar que esté quedando prolijo. Grande y prolijo, mejor. Por ese asunto de que se vea desde los colectivos. Retrocede hasta el cordón. Perfecto. Mucho mejor que "GALLO". Lástima que justo la palabra que quedó más fea sea "GALLO". Pero qué se le va a hacer. Mala suerte. En la pared uno no puede corregir lo que escribe. Le vuelve el temor de que pronto se la tapen. Por algo la blanquearon hace poco. O en una de esas no, porque la pared no es gran cosa, es más bien chica, y para pintadas políticas no sirve. Para un cartel como el suyo sí. Está perfecta.

Vuelve a mirar a cada lado. Nadie. Varios metros sobre su cabeza, sobre el puente del Camino de Cintura, pasa un camión detrás de otro, metiendo su batifondo de chapas y frenos neumáticos. De nuevo de cara a la pared, el pibe duda: no está seguro de si la palabra va con hache o sin hache. Y lo mismo con el acento. La pucha. Tanto preparativo y eso no lo revisó. Al pibe le suena que va con hache. Del acento está menos seguro. No está canchero con los acentos. De hecho, el de "único" se lo salteó como si nada.

La frase es de una canción de Los Redondos. No sabe de cuál, pero es de ellos. Él la vio en una bandera, hace un tiempo, y le encantó. No era una bandera de Morón. Era una bandera de Atlanta. Habían ido con los pibes hasta Villa Crespo y se habían hecho pasar por locales. Un garrón, porque encima perdieron. Pero él se quedó enganchado con la bandera. Enganchadísimo. No puede decir por qué. Al pibe no se le da bien eso de decir las cosas. Las piensa, pero le cuesta decirlas. Y lo que pensó al ver esa bandera fue que el que la había hecho era como él, le pasaba lo mismo que a él, aunque fuera de Atlanta.

Pensó en hacerse una bandera pero lo descartó. No quiere que todo el mundo, en la cancha del Gallo, lo vea atar ese trapo en el alambre. Una cosa es pensarlo, una cosa es sentirlo, y otra que los demás lo sepan. Que sepan que para él es así. No. Ni loco. Mejor ahí en la pared, que quede para siempre. Bah, para siempre tampoco, porque antes o después van a tapárselo. No importa. Buscará otra pared y hará lo mismo. Y en una de esas, con la práctica la letra le saldrá mejor.

Escribe la última palabra: "LIO". Se aleja por quinta o sexta vez. Sonríe. Está perfecto. De nuevo se comió el acento, pero lo ignora. Letras parejas y grandes. Ya está casi terminado. Agita el aerosol. Todavía queda pintura. "NICOLÁS.", firma al final. Así, con un punto al final. El apellido no lo pone ni loco. Capaz que algún conocido lo lee y se burla. Se moriría de la vergüenza. Mejor así: que desde los colectivos se lea "NICOLÁS" y listo. Él va a pasar seguido. Todos los días, si puede. Para verlo. Para verse ahí. Es como una bandera pero mejor. La del pibe de Atlanta la ven nada más que los de Atlanta. Su cartel, en cambio, va a verlo medio mundo. Buenísimo.

Lee otra vez la frase. Y otra vez lo conmueve, como en Villa Crespo. Esa es la verdad. La verdad más profunda de su vida, aunque no sepa explicar el cómo ni el porqué. "GALLO: MI UNICO HÉROE EN ESTE LIO". Y firma NICOLÁS., con punto y todo.

Yo voy a leer la pintada unos días después, cuando el 269 que me lleva a Morón se detenga en el semáforo un buen rato. La frase va a gustarme, pero al mismo tiempo me quedará cierta inquietud rondándome el ánimo. Cierta tristeza. Hay algo de desvalimiento en la devoción de Nicolás. No porque quiera al Gallo con toda su alma. Sino porque la vida no le haya dado, además de ése, otros amores, otras certidumbres, otras huellas de identidad que lo hagan sentirse parte, que lo hagan sentirse entero.

Él no sabe que antes de su tiempo existió una época distinta. Una época donde las cosas eran más seguras, más estables, más permanentes. Una época en la que la gente ataba su identidad a un montón de pertenencias, se abrigaba en un montón de banderas que existían al mismo tiempo. Trabajos que duraban toda la vida, barrios que crecían alrededor de ciertas fábricas, convicciones políticas sobre las que cada cual se paraba a mirar y entender el mundo, vecinas que te cuidaban con un vistazo de vereda a vereda.

Nicolás nació después, en un mundo en el que esas certidumbres se hicieron polvo y así quedaron. No sé si para mejor o para peor, pero así quedaron.

Si hubiera nacido unas décadas antes, el mundo de Nicolás habría sido más sólido, más entero. Él no lo sabe. Pero tal vez extraña ese otro mundo. Esas cosas pasan: que uno extrañe lo que, de todos modos, nunca conoció.

Sin embargo y pese a todo, algo tiene, todavía, Nicolás. Lo tiene al Gallo. Mientras alrededor todo cambia, y en general cambia para peor, ahí está el Gallo: más arriba o más abajo en la tabla de posiciones pero ahí, cada año, siempre vivo. El Gallo o Atlanta, o Chacarita o Almirante, que para el caso es lo mismo. Héroes que no pueden darte nada. Pero que están, y de vez en cuando te prestan un poco de su gloria, a cambio de nada, a cambio de que los sigas, a cambio de que les cantes, a cambio de que te avives de apartar un vuelto para la entrada. Y en el páramo de la medianoche, debajo del puente de Camino de Cintura, entre Morón y Castelar, no es poca cosa.

Nicolás se aleja hasta el cordón por última vez. Seguro que sí, que héroe se escribe con hache y con acento. Se guarda el aerosol en el bolsillo y enfila hacia la estación, por el lado de la cancha de Matreros. Apura el paso. No sea cosa de que pierda el último colectivo y tenga que hacerse las treinta cuadras caminando.

## La mejor de mi vida

Cada tanto, se me da por recordar la mejor atajada de mi vida: con mano cambiada, sobre el ángulo superior izquierdo de mi arco, una tarde de 1985.

Dicho así suena como un recuerdo digno, respetable. Pero si agrego algunas precisiones, la evocación se desluce, se empequeñece, se convierte en apenas un "recuerdito", así en diminutivo. Un recuerdito doméstico, un poco suburbano. Porque esa atajada, la mejor de mi vida, se produjo en un partido intrascendente, de esos que los pibes de quinto año jugábamos antes de las clases de educación física en la canchita de tierra del Nacional Manuel Dorrego de Morón, una tarde cualquiera de un día como todos los otros.

Pero así son las cosas, me guste o no me guste. Uno no puede elegir el fulgor de los momentos, ni su oportunidad, ni su contexto.

Sería mejor, más digno, que mi atajada hubiera tenido lugar en una cancha profesional, durante un partido de Primera, con las tribunas repletas y las cámaras de televisión atentas y los relatores de radio enardecidos. Sería mejor, más digno, que yo pudiese hoy, veinticinco años después, recurrir a un videocasete y recuperar en él todos los brillos, y los flashes, y el "uuuuuhhhh" prolongado de los hinchas atónitos. Pero no se me dio. Esa no fue mi vida. A mí me tocó esta leyenda chiquita, esta epopeya sin mayúsculas.

Unos metros afuera de mi área, Rodrigo Manigot, de quinto octava, se dispone a pegarle un terrible derechazo a una bola que le ha quedado en el mejor lugar y del mejor modo. No le llega picando ni pegada al piso. No le llega girando sobre sí misma con un efecto extraño. No le viene a la pierna menos hábil. Nada de eso. Le llega perfecta y al lugar justo. Le llega ideal para retroceder la pierna derecha y generar el más amplio y enérgico recorrido y darle con alma y vida y mandarla guardar en mi pobre arco de madera.

Ahí estoy yo. A los diecisiete, todavía conservo alguna remota esperanza de atajar "en serio". De que alguien me descubra. De que me lleven a algún club. De que me paguen por hacer lo que más me gusta.

Atajo desde siempre, o desde que descubrí que en el arco puedo ser distinto, necesario, útil a los míos. Atajo desde que me di cuenta, a los diez años, de que para ser arquero lo más importante no es el talento sino las agallas, la voluntad, los huevos. Por supuesto que hay que tener técnica. Volar de palo a palo. Achicar a los delanteros que entran con pelota dominada. Descolgar centros. Pero sobre todo, para ser arquero hay que estar dispuesto a tapar con la cara, la panza, las piernas, los dientes o la espalda, con lo que sea con tal de que la pelota no entre. Supongo que a los diecisiete voy al arco, entre otras cosas, porque combino cierta predilección por la soledad, una buena disposición para el sacrificio y una resignada serenidad para aceptar los golpes y la responsabilidad.

Jugar afuera, en cambio, me genera ansiedad, dudas. Y en la adolescencia no me gusta dudar, ni sentirme inseguro. Demasiados pases posibles, demasiados imponderables, demasiados compañeros y rivales frente a nosotros y a nuestra espalda, demasiadas decisiones a tomar. No me gusta eso. En el arco es distinto: yo solito con mi alma y el mandato simplísimo de que no me vacunen. Eso solo. Nada más. El año anterior, de una patada me han roto el dedo meñique de la mano derecha. Este año, el pulgar de la izquierda. No importa. Tampoco valen nada las quemaduras perpetuas en los muslos porque juego en canchas chúcaras que tienen piedras y tierra en lugar de pasto. Ni me asusta que mi vieja se asuste de esas úlceras (así las llama ella, que es odontóloga) que se me forman en las rodillas, producto de abrirme las lastimaduras tarde a tarde, porque jamás les doy tiempo de cicatrizar. No importa.

Cuando sea más grande, a los veintipico, voy a cansarme de jugar al arco, e intentaré encontrar mi sitio en otro lugar de la cancha. Estaré harto de los dolores en las rodillas, de las torceduras de los dedos, del recuerdo persistente del gol que me hice yo solito y nos hizo perder aquel partido. Pero en 1985 todavía no. Porque conservo la esperanza de que me vean, de que me llamen, de convertirme en jugador en serio, aunque en lugar de ir a probarme a Vélez o a Ferro lo que hago sea malgastar mi tiempo y mis articulaciones en esos partidos inútiles con mis compañeros en el Nacional de Morón.

Pero volvamos al delantero y a su jugada de gol. Rodrigo Manigot es flaco, alto, tiene las piernas larguísimas. Es veloz, de tranco largo, habilidoso a pesar de la altura. Y sobre todo, le pega a la pelota con un fierro. Seco, esquinado, un peligro. En ese fútbol en el que todos tratan de meterse al arco con pelota y todo (y que a mí me favorece, porque lo que mejor hago es salir a achicar), es uno de los pocos pibes de la escuela que se animan a pegarle desde afuera del área.

Y entonces arranca la mejor atajada de mi historia. Por el rival, por el derechazo que va a sacar, porque la pelota va a ir al ángulo superior izquierdo del arco que da al gimnasio en la canchita del Nacional de Morón, y porque yo sé todo eso un segundo antes de que ocurra. Es que, a veces, el fútbol nos permite eso. Saber las cosas que van a pasar antes de que pasen. Saber si a tu equipo van a embocarlo a la primera de cambio. Saber si ese petisito que acaban de traer es un crack o es un paquete. Saber si este clásico lo vas a ganar o te llenan la canasta. Una especie de gimnasia de anticipación, producto de jugar y jugar, de mirar y mirar, durante horas y horas y años y años de fútbol.

Por supuesto que eso no sucede siempre. De lo contrario, los futboleros mereceríamos manejar los hilos de la humanidad y el destino de la patria. También nos equivocamos, seguido y profundo. Pero a veces no. A veces, sabemos lo que va a ocurrir antes de que pase. Experimentamos la sensación gozosa y errática y fugaz de que la vida nos sigue el tranco a nosotros y no al revés, como pasa siempre.

Y yo, a los diecisiete, esa tarde que para todo el mundo menos para mí es una tarde como todas las otras, apenas lo veo a Manigot preparando el bombazo me adelanto a dar un paso hacia mi izquierda, para tomar envión. No necesito sentir el golpe seco que su pie derecho le pega a la pelota. Ni necesito ver la trayectoria. Todo eso ya lo sé. Lo único que preciso es seguir subiendo en el aire. Yendo y yendo, hacia arriba y hacia la izquierda, hacia el ángulo esquivo de mi arco. No voy detrás de la pelota a intentar sacarla.

Voy al encuentro del balón, que no es lo mismo. Mi cabeza y mi vuelo van tan por delante del asunto que casi se trata de colgarme del aire para esperarlo.

Igual es un balinazo, claro. Un tiro recto que viene casi en llamas. Por eso tengo que girar en el aire y cambiar la mano. Para lograr ese poquito de aceleración que me falta. Para colmo de bienes, algún comedido de quinto octava ya está gritando el gol. Y no hay nada más lindo que tus rivales griten gol en una bola que vos, solo vos, que sos el arquero, sabés que no va a ser gol. Apropiarte del grito, engullirlo, aplastarlo entre tus manos enguantadas. Y mientras lo hacés, anticipás el grito de los tuyos, que no pueden creer que los hayas salvado, que hayas sabido salirle al cruce al destino. Ese grito agradecido que te compensa de todos los golpes y todas las quemaduras y todos los insomnios que te chupaste y te vas a seguir chupando por todos los goles idiotas que te comiste y habrás de comerte.

Y ahí va el manotazo con mano cambiada, del arquero que, como dirían los relatores de antes, "se hace junco en el ángulo superior izquierdo". Y mientras caigo al suelo, mientras me lleno de tierra, mientras mis amigos festejan, escucho un "clap, clap, clap" al que no estoy acostumbrado. Abro los ojos en la nube de tierra que mi aterrizaje ha levantado. Contra la pared del bufet, tres chicas (¡sí, tres chicas!) que no tienen ni idea de fútbol pero aplauden mi atajada. A veces la felicidad es así: te asalta completa y redondita.

Muchas veces, desde 1985, he de recordar esa tarde o más bien, ese momento de ese partido de esa tarde. A Rodrigo Manigot no vuelvo a verlo. Hasta que veinticinco años después nos encontramos en un festejo de egresados 85 del Colegio Nacional Manuel Dorrego de Morón. Y Manigot me dice algo que me deja helado: me cuenta que el mejor gol de su vida me lo hizo a mí, en alguno de esos desafíos de quinto contra quinto del año 85, en la canchita de tierra de la escuela, el 4 a 3 de un partido chivo que se resolvió con uno de sus zapatazos terroríficos.

Yo no recuerdo ese gol, pero sé que me dice la verdad. Cómo no le voy a creer si a mí me pasa lo contrario, que en este caso quiere decir que me pasa lo mismo. Otro partido, el mismo rival, otra jugada, la misma cancha.

Me vuelvo a mi casa pensando que alguna vez tendré que escribir esta historia. Aunque me dé un poco de pudor hablar de mí. O un poco de vergüenza esto de situar mi magia y mi leyenda en un partidito de morondanga, en cancha de siete, en un desafío cualunque de una tarde ordinaria. Pero uno no elige el momento en que lo asaltan los milagros.

La bola en llamas rumbo al ángulo. Mi vuelo tenaz de arquero esclarecido. La mano cambiada, el cielo y tres aplausos.

Hay tantos paraísos como personas sueltas por ahí.

# Señores jugadores

Señores jugadores:

Espero sepan disculpar el atrevimiento que me tomo al dirigirles esta carta a través de un medio tan masivo y prestigioso como *El Gráfico*. Ocurre que esta gente —la de *El Gráfico*, digo— ha tenido la generosa y al mismo tiempo temeraria idea de encargarme la redacción de una columna para cada una de sus ediciones mensuales. Y yo, señores jugadores, me aprovecho de esa circunstancia, en este caso particular, para dirigirles este mensaje de índole casi personal, aunque me atrevo a pensar que unos cuantos futboleros viejos, como quien les habla, estarán de acuerdo con alguno de los conceptos que me dispongo a comunicar. Tal vez alguien me acuse de estar usufructuando, en mi provecho y a partir del espurio arbitrio de mi voluntad, un espacio de comunicación que debería orientarse a fines más altos y más dignos. Y puede ser que así sea, señores jugadores. Pero, como decía mi abuela, "a esta altura de la cosecha no hay tiempo de cambiar nada". Así que al grano, señores jugadores.

Tengo que pedirles un favor especialísimo. O, bien mirado, son varios favores al mismo tiempo aunque vengan unidos en un solo asunto. Y ese, señores jugadores, es el muy espinoso asunto del festejo de los goles. Ojo que escribo la palabra "goles" y siento cierta turbación. De hecho el actual campeonato, el

Apertura 2011 (algún día alguien tendrá que explicarme un motivo válido que justifique que el campeonato que se juega al final del año se llame "Apertura", pero prefiero no abrir mis argumentos hacia ese asunto porque voy a seguir enojándome con temas diversos y prefiero que mi enojo quede lo más concentrado posible, señores míos), ha tenido en sus primeras cinco fechas poquísimos goles. Puede ocurrir que, en las semanas que median entre que yo escribo esta columna y que *El Gráfico* la publica, a principios de octubre, los delanteros del fútbol argentino se destapan, explotan, se florean, y los partidos empiezan a tener resultados como 4 a 3 o como 5 a 1. Por el momento eso no sucede, y los hinchas podemos llamarnos contentos si vemos un gol, mal hecho y a las cansadas pero gol al fin. Pero bueno, como les decía, no me quiero ir de tema, señores jugadores.

Porque el pedido que debo formularles no tiene tanto que ver con la hechura de los goles sino con el festejo de esas conquistas, entendiendo por "festejo" la serie de ritos, movimientos, rutinas y evoluciones corporales que el jugador que convierte el gol, y sus compañeros, ejecutan a modo de celebración por el tanto conseguido.

Y es a ese respecto que tengo un par de solicitudes que formularles, señores jugadores. Ya estoy hasta la coronilla (podría escribir que estoy hasta la altura de otras regiones corporales, pero no quiero que me acusen de vulgar) de esas coreografías que a menudo ustedes, señores jugadores, tienen a bien ejecutar después del gol. A saber: eso de correr hasta el banderín del córner y aferrarlo fingiendo que es un fusil desde el que disparan una bala imaginaria, o lo de sacarse el botín como si fuera el zapatófono del Superagente 86, o hacer una fila india en el piso simulando que están remando en una regata de ocho remeros sin timonel, o juntarse en un grupito de tres o cuatro a ejecutar un pasito sinuoso y bailantero, o que un jugador se finja lustrabotas para que el goleador le apoye el botín en la rodilla mientras el otro le saca imaginario lustre, la verdad que me tiene podrido, señores jugadores.

Yo no sé de dónde sacan esas coreografías. Supongo que nacen en el tedio de las concentraciones, de chistes originados puertas adentro de su grupo, o de apuestas que entienden ustedes solos. Y ese es el problema, señores jugadores. De ese "puertas adentro". Porque con ese "puertas adentro" convierten en privado algo que debe ser siempre, me parece a mí, público y de puertas afuera. Porque el gol, señores míos, y mal que les pese, les pertenece a los hinchas tanto o más que a ustedes mismos. Y a ningún hincha se le va a ocurrir, ahí de pie en la tribuna, festejar un gol de ustedes imitando remeros o lustrabotas o astronautas o cazadores del arca perdida. Nada de eso. En la tribuna festejarán gritando, saltando y abrazándose. Y con eso, a los hinchas, nos basta y nos sobra.

Y ya que ando en tren de solicitudes y con ánimo de ofender, tengo un pedido más específico todavía. Porque hay una manera de festejo que me revienta la paciencia mucho más que el "festejo coreográfico" que describí en los párrafos anteriores. Porque si el festejo con coreografía me harta la paciencia, el "festejo con huida y desprendimiento" directamente me saca de quicio. No sé si se ubican, señores jugadores, en lo que estoy hablando. Me refiero a esa acción en la que el jugador, después de hacer el gol, sale corriendo hacia un lugar despejado del campo de juego, digamos un lateral cerca del banderín del córner, como si estuviera solo en el mundo, y como si no le debiera nada a nadie más que a sí mismo, mientras se besa los seis o siete tatuajes que tiene más a mano, y sonríe a la cámara de televisión que tiene más cerca mientras calcula si lo estarán viendo en algún mercado con buen poder adquisitivo. Y mientras corre, el susodicho tiene la osadía —sí señores, no existe otra calificación que la de osadía— de sacarse de encima, a los manotazos y de mala manera, a los desprevenidos compañeros que pretenden abrazarlo para compartir su alborozo, como si el goleador temiera vaya a saber qué, que le roben un pedazo del primer plano en *high definition*, o que lo madruguen en ser el próximo jugador transferido por una cifra millonaria al fútbol bielorruso.

Para que no piensen que soy un mal llevado completo, señores jugadores, estoy dispuesto a aceptar un "festejo solitario" en ciertas ocasiones: pongamos que el fulano acaba de convertir un gol que es la réplica casi exacta del gol de Diego a los ingleses. De acuerdo: que vaya y festeje solo un rato hasta que se le pase el pasmo. Pero de ahí a permitírselo a cualquier chichipío que acaba de capturar un rebote en el área chica y de pegarle un mísero puntinazo (cuando no la ha empujado con el muslo o con la tibia) en medio de un revoleo de patas pavoroso, me parece demasiado, señores míos.

Seré demasiado clásico, señores jugadores, pero a mí me gusta cuando el tipo que ha tenido la fortuna de convertir un gol lo grita con alma y vida y sale corriendo no hacia la soledad del costado sino hacia el encuentro de los suyos, y abre los brazos y los recibe y les agradece, porque por algo esto es fútbol y se juega de once. Si quiere, que lo señale especialmente al que le dio el pase en lugar de morfársela él. Si quiere, que se bese los tatuajes mientras retorna hacia el mediocampo. Si quiere, que sonría hacia la cámara HD cuando los rivales se aprestan a poner otra vez la pelota en juego.

Algo que sí me gusta, señores jugadores, y los invito a reincidir en esa práctica cuantas veces quieran, es que el susodicho goleador, una vez convertida la conquista, salga como un enajenado hacia la tribuna, salte los carteles y se venga corriendo hasta el alambre. Y que se bese el escudo y se prenda con los botines y los dedos para gritarlo junto con el humilde hincha que nunca va a tomar su lugar pero que grita con él, al mismo tiempo y con una alegría más genuina todavía, al otro lado de los rombos del alambre.

Del mismo modo, señores jugadores, acepto de buen grado que se saquen la camiseta para mostrar un mensaje de cariño a un compañero que la está pasando mal, o a un compañero que se fue y no va a volver. Esas son cosas dignas y con ellas no me meto. Y hablando de meterse, un mensaje especial para los señores árbitros.

Les pido que no sigan amonestando a los jugadores que se sacan la camiseta y la revolean mientras comparten su grito con la hinchada, argumentando "festejo desmedido". Nada de desmedido, señores míos. Dedíquense a amonestar a los del remo, a los del pasito de baile o a los del nado sincronizado. En el informe escriban: "por festejo estúpido y bochornoso".

O a los mezquinos individualistas que se festejan a sí mismos. Ahí pongan "por festejo de egoísta pecho frío".

Por supuesto que esto que les he escrito no es más que un inocentísimo pedido, señores jugadores. Y ustedes no tienen por qué llevarme el apunte. Pero ocurre que los hinchas necesitamos creer, señores jugadores. Creer que somos nosotros los que jugamos, o al menos que los que juegan son como nosotros. Y en el campito en el que jugamos nosotros, los goles se festejan a los abrazos, señores míos. O dígame alguno de ustedes, por favor, si en esas canchas chúcaras de los barrios, alguna vez ustedes vieron a un jugador que festeje con el botín en la mano, o fingiéndose astronauta en plena caminata lunar.

Ya sé que ustedes no tienen nada que ver con el fútbol que a mí me cautiva y me enamora, señores jugadores. Pero yo, de vez en cuando, necesito creer que sí.

# El túnel del tiempo

Cuando era chico había una serie que se llamaba "El túnel del tiempo". Los protagonistas eran dos muchachos jóvenes que, como parte de un experimento científico que salía medio bien y medio mal, habían quedado sueltos, a la deriva, en el pasado. Como había salido medio bien, estos dos tipos podían seguir ahí, vivitos y coleando. Como había salido medio mal, los científicos responsables del proyecto (una especie de NASA para viajes intertemporales) no conseguían traerlos de nuevo al presente, y lo único que lograban era pasearlos de aquí para allá a través de distintos acontecimientos históricos, desde el hundimiento del *Titanic* hasta el circo romano; desde las Cruzadas al Egipto de los faraones.

Después de mi niñez, nunca volví a ver esa serie. Supongo que si la viese ahora me pasaría lo mismo que con otras: me desencantaría su lentitud, cierta candidez, una insanable ingenuidad en la trama de los capítulos. Recuerdo que cada emisión terminaba justo en el instante siguiente a que los dos muchachitos consiguieran conjurar un gravísimo peligro para la Humanidad —o para los Estados Unidos de América, que para los autores de la serie era, seguramente, sinónimo de la Humanidad—. En ese momento, sin tiempo para risas o felicitaciones, el equipo de científicos que estaban en nuestra época —una doctora muy linda que a mí me parecía odontóloga como mi mamá, un doctor peladito y narigón, entre otros— los sacaban de ahí para tirarlos de cabeza en otro embrollo histórico de proporciones. Y hasta el siguiente capítulo.

Muy a menudo, al irme a dormir, yo fantaseaba con tener acceso, alguna vez, a esa máquina del tiempo. Pero no la quería para ir al pasado a resolver entuertos históricos. La quería para viajar al futuro inmediato del lunes siguiente, o del otro, o del otro, para enterarme de los resultados de la fecha del fútbol argentino, volver al punto de partida, jugar la boleta correspondiente y ganar el Prode.

Lo tenía todo calculado. Iba a necesitar esa máquina unas cuantas veces, porque no pensaba ganar un domingo cualquiera. No señor. A veces el Prode lo acertaban cualquier cantidad de apostadores, y yo no pensaba malgastar semejante emprendimiento para sacar en limpio algunas chirolas. No señor. Yo recabaría los datos de una fecha sin ganadores, y ese sería mi gran triunfo. Como tenía ocho años no podía apostar con mi propio nombre. No importaba. La haría a nombre de mi papá. Mejor todavía: que el nombre de Héctor Ricardo Sacheri, el más grande mis héroes, recorriera los titulares de los diarios me parecía un homenaje tan inesperado como merecido.

Mientras me entraba el sueño iba construyendo los detalles. Todos los domingos, después de comer, mi papá se sentaba a la mesa del comedor a fumar y a escuchar los partidos. Mataba el tiempo dibujando unos planitos a mano alzada con la reforma que planeaba hacer en mi casa, para ampliarla. A mí me fascinaba acompañarlo, aprender a interpretar las líneas como paredes, los segmentos como aberturas, los cuartos de círculo como puertas que se abrían. "Este va a ser tu dormitorio", me explicaba, "acá el de Sergio, acá el de Alejandra, allá el nuestro", marcaba con el dedo índice manchado de nicotina. Me estaba permitido sugerir, preguntar, quejarme de las cosas que no me gustaban. No había problema. Mi papá remendaba según mis requerimientos, o cambiaba la hoja y empezaba con un diseño nuevo. Y mientras tanto, en segundo plano, oíamos los partidos. Cuando las conexiones avisaban de un gol, mi papá echaba mano a la boleta de Prode que usaba como borrador y anotaba un palito al lado del equipo correspondiente.

Al final, pasaba en limpio la boleta con los locales, empates y visitantes, y la comparaba con la que él había jugado en la semana. Por último, como si aquello fuese una evaluación de las de la escuela y él fuera, a su vez, alumno y profesor, circulaba el número de aciertos como si fuera su calificación. Rara vez alcanzaba los siete u ocho puntos. Y la mayoría de las veces sabía desde el día anterior, por los resultados del fútbol del Ascenso, que debería transcurrir otra semana, por lo menos, antes de volverse millonario.

Yo, que me sabía al dedillo cada uno de esos gestos, podía anticiparme con exactitud a la tarde de nuestro triunfo. Una vez que me tomase de ida y vuelta la máquina del tiempo, iba a encararlo a mi viejo a más tardar el miércoles de la semana decisiva. No le brindaría demasiada información. ¿Para qué inquietarlo? Los padres tienden a preocuparse cuando los hijos se alejan de casa sin preguntar. Jugar a la vuelta de mi casa sin dejarlo dicho previamente me había costado más de una reprimenda. Si pedía permiso para hacerme, ni más ni menos, un viajecito de ida y vuelta al futuro, corría el riesgo de que no me dejaran. O peor aún, podían designar a mi hermano mayor para la aventura, y yo no estaba dispuesto a compartir la gloria. Mejor lo haría sin avisar una palabra. Y a la vuelta, le diría a mi papá que tenía una corazonada, que esta semana me hiciera caso y jugara mi boleta. Seguro que podría convencerlo.

Y el domingo… Dios mío. Qué emoción. Qué emoción indescriptible. Me sentaría a comprobar nuestro milagro. Iría viendo en su rostro la sorpresa, la ansiedad, la alegría contenida, la nerviosa incredulidad, el júbilo incipiente, la certeza enloquecida, el llamado a mi mamá, el abrazo de todos, nuestra primera cena como potentados. Interrumpiéndonos, montando unas voces sobre otras, intentaríamos establecer un orden de prioridades. La ampliación de nuestra casa sería la prioridad número uno, por supuesto. Yo tenía un anhelo secreto, que tenía que ver con eso. Mi casa me gustaba mucho, pero odiaba que en lugar de un gran jardín tuviera un patio minúsculo. "Cosas de vivir en una esquina", me habían explicado hasta el cansancio. Pues bien, ahora yo tenía la solución: sería tan inmenso el premio que el dinero nos alcanzaría para comprar, sin pensarlo demasiado, la casa de al lado: la demoleríamos para hacer en su lugar un jardín como Dios manda. La prioridad dos sería comprar un auto. Yo no tenía mayores pretensiones sobre marca, modelo, color o tamaño. Pero quería un auto, sobre todo para que mis amigos dejasen de mirarme con burlona conmiseración cada vez que conversábamos sobre el tema.

Después las prioridades se mezclaban y se diluían. Bicicletas, vacaciones, un tren eléctrico de dimensiones desquiciadas, un galponcito en el fondo para irme a leer los días de lluvia.

Son incontables las noches que pasé fantaseando eso. La ventaja de soñar muchas veces lo mismo es que uno va memorizando su deseo como si fuera un recuerdo, y puede retomar donde quiera, o donde ayer lo haya vencido el sueño. Es verdad que el talón de Aquiles de mi proyecto era la dichosa máquina del tiempo. Con ella, todo era posible. Sin ella, mi viejo seguiría pegándole a seis o siete resultados cada fin de semana. Pero si el hombre era capaz de viajar a la luna, nada impedía que cualquier día de estos los de la NASA inventaran algo para llevarme a mí a la semana que viene.

Lo que no recuerdo con tanta precisión es cuándo dejé de soñarlo. Tal vez fue cuando dejaron de dar esa serie, o cuando crecí lo suficiente como para avergonzarme de mi credulidad, o cuando demasiados cigarrillos volvieron inviables ese y todos los futuros.

Pero la idea básica, esa de ir y volver, ir y enterarse, y volver y saber más que todos los otros, sigue siendo cautivante. No necesariamente para construir una apuesta perfecta y volvernos millonarios. Sino también con objetivos más modestos. Por ejemplo, para anticipar los resultados del fútbol de los próximos meses, sus campeones y sus descensos, sus goleadores y el score de los clásicos.

Un punto a favor de semejante idea sería que nos convertiríamos, a los ojos de nuestros amigos y conocidos, en una fuente infalible de conocimientos futboleros. Para propios y extraños, nos convertiríamos en doctores, en filósofos, en oráculos del noble deporte del fútbol. Otra ventaja de saber las cosas de

antemano: si a nuestro equipo lo aguarda una campaña mediocre y olvidable, podemos ahorrarnos el dineral que, ebrios de esperanza, pensábamos gastarnos
este año en comprar un abono a la platea, o en pagar
las cuotas sociales atrasadas.

Pero se me ocurre también una desventaja: saber lo que va a pasar, ¿no le quita su sabor a las cosas?
Cualquier futbolero sabe lo insípido que resulta ver
un partido en diferido, cuando se conoce el resultado.
En ciertas circunstancias puede tener cierto atractivo.
No sé: supongamos que el equipo de uno ganó un
clásico. Está bueno revivirlo unas horas después, con
el corazón en calma, apreciando lo que horas antes,
en medio de la excitación y la tensión, en medio de
la algarabía o de la angustia, uno no pudo apreciar.
Pero ya no es lo mismo. El fútbol, me parece, para ser
fútbol, tiene que conjugarse en tiempo presente, un
presente que siempre está con un pie en el futuro. Lo
importante no es, en el fondo, ver los goles de hace
un rato, sino saber qué va a pasar con esa pelota que
cruza el mediocampo exactamente *ahora*.

Me parece que los viejos partidos de fútbol —y
viejos son desde el instante en que el árbitro los termina— pueden ser un camino hacia la nostalgia, hacia el
recuerdo, hacia el eco de una gran alegría. Pero nada
más. Son sombras. Ya dejaron de ser fútbol.

## Hijos nuestros

Creo que todos los futboleros nos hemos preguntado, más de una vez, por el origen y el tamaño del cariño que le tenemos al equipo del que somos hinchas. Por qué semejante profundidad. Por qué semejante constancia.

¿Cómo se puede querer así a un equipo de fútbol? ¿Qué resortes, qué recovecos del alma se ponen en juego como para que uno pueda sufrir así, gozar así, emocionarse de ese modo por una simple camiseta?

¿Existe algún otro terreno de nuestras vidas en el que amemos con semejante lealtad, con una constancia comparable?

Muchas veces he escuchado a mis amigos, a mis conocidos, o a ilustres desconocidos, comparar el amor por el equipo con el amor que se puede sentir por una mujer. Y en la comparación, casi siempre el amor por una mujer sale perdiendo. No tiene la misma constancia, ni el mismo desinterés, ni la misma entrega, ni la misma disposición al sacrificio. Mil veces he escuchado el comentario: "Yo cambié no sé cuántas veces de mujer. Pero de equipo, jamás en la vida".

Si el amor por nuestro equipo no se puede comparar por el que le profesamos a una mujer, ¿vale en cambio compararlo con el que sentimos por un padre, o una madre? Creo que tampoco es el caso. El amor de nuestros viejos es algo con lo que contamos.

Los más afortunados de nosotros, claro. No es un amor que cultivemos. No es un amor que nos exija sacrificios. Es un amor que damos por sentado, y en el que nos instalamos para ser mimados, queridos, abrigados, nutridos.

Y el amor por nuestro equipo no es de esa naturaleza. Nada que ver. Nuestro amor futbolero es puro sacrificio, de hecho. No sé cómo viven esto los hinchas de equipos que ganan siempre o casi siempre. No sé cómo lo vive un hincha del Real Madrid, o del Barcelona. Pero para la mayoría de los mortales, el amor al club nos reporta muchísimos sinsabores, derrotas, frustraciones, vanas esperanzas, brutales desilusiones. Alegrías también, triunfos inolvidables. Pero… ¿cuántos de unos y cuántos de los otros? Apelo a la sinceridad de los lectores. ¿Cuántos garrones nos hemos tenido que comer por nuestros equipos? ¿Cuántas veces hemos tenido que poner el pecho a las malas? O yo tengo una tarde especialmente pesimista mientras escribo esta columna, o tiendo a pensar que han sido muchas veces. Demasiadas veces. Y sin embargo, aquí estoy. Aquí estamos. Dispuestos siempre a seguir queriendo.

Por eso, por esa constancia inmune a las derrotas, se me ocurre que el amor que sentimos por nuestro equipo se parece al que sentimos por nuestros hijos. Los que tenemos la suerte de tenerlos, claro. Los que tenemos la suerte de adorarlos, por supuesto.

Con nuestras mujeres, el amor puede permanecer o evaporarse. El de nuestros padres, lo damos por descontado. Pero el que les damos a nuestros hijos es un amor hecho de esfuerzo y de sacrificio, de desvelo y de perseverancia.

En la soledad de nuestros insomnios, nos preocupamos por nuestros hijos desde que se revuelven en la cuna hasta que tienen veinte años y esperamos con ansiedad, en el silencio de la madrugada, el momento de escuchar el ruido de sus llaves en la cerradura como señal de que vuelven sanos y salvos. O hasta que tienen cuarenta, y nos inquieta escucharlos toser en el teléfono. Son nuestros hijos para siempre. Desde que los vimos por primera vez hasta que los veamos por última.

Podemos pensar, tenemos derecho a pensar —ejercemos ese derecho—, que nuestros hijos tienen defectos. Cosas que no nos gustan. Aspectos que deberían pulir. Características que nos revuelven las tripas y nos dan ganas de reclamarles levantando el dedito admonitorio. Pero nosotros. Nadie más. Quiero decir: nosotros como padres nos sentimos en el derecho de hacer la nómina brutal de todos los defectos de nuestros hijos. Pero ¡guai de aquel mortal que se atreva a señalar algo malo en nuestras criaturas! Nuestra ira se desatará sobre la humanidad de esos ingratos que se atrevan a criticar a nuestros niños, sobre el polvo de sus huesos y sobre la memoria de sus descendientes.

Uno puede pensar que tiene una hija dientuda o un hijo vago, una hija impuntual o un hijo lerdo. Pero si alguien se atreve a confirmárnoslo… ¡sáquenme a ese blasfemo de acá, sáquenmelo de acá o me como sus vísceras!

Y con nuestro equipo del alma… ¿acaso somos distintos? Uno puede ver jugar al equipo de sus amores y concluir que lo mejor que puede pasar con esos jugadores es que los vendan pronto a algún equipo de Siberia o de Marte. O que se retiren en masa. Que no tienen ni idea de cómo jugar al fútbol. O que el técnico haría bien en colgar los botines (o el pizarrón) y dedicarse a enseñar origami en un club de jubilados del conurbano. O que los dirigentes son una manga de ladrones y de corruptos que tendrían que estar en la cárcel. Pero cuidado: esas son cosas que puede pensar *uno mismo*. Que nadie que sea hincha de otro cuadro se atreva a decir cosas parecidas. Porque uno, de su cuadro (como de sus hijos), tiene el derecho a decir y pensar lo que quiera. Pero es un derecho intransferible. Como reza el viejo dicho de que "los trapitos sucios se lavan en casa". Nada más cierto. Del mismo modo que uno, frente al capricho de un hijo que se arroja al piso en la vereda al grito de "quiero un helado", pone cara de paciente contención y le dice a la criatura: "te pido que te levantes y dejes de hacer un escándalo", aunque en el mismo momento esté pensando "qué ganas tengo de alzarte de un reverendo voleo en el trasero, mocoso caprichoso". Del mismo modo, digo, si un extranjero (es decir, un hincha de otro cuadro) osa proferir algún concepto que denigre a nuestra institución, uno se convierte de inmediato en una estatua de hielo, o en una tormenta de fuego, según el temperamento de cada cual. Pero no vamos a dejar así las cosas. No vamos a consentir que se mancille así el nombre de nuestros colores.

No vamos a permitir que se dude de la calidad de nuestros jugadores, ni de la integridad de nuestros dirigentes, ni de la capacidad de nuestro entrenador, ni de la belleza de nuestro estadio. En casita, en nuestro interior, bien podemos considerar, como dije antes, que nuestros jugadores son horribles, nuestro entrenador inepto, nuestros dirigentes ladrones, y nuestro estadio un rancho miserable. Pero sólo en casita, señores míos. Sólo puertas para adentro. Sólo en el seno de la familia.

Y ni siquiera en la familia, ahora que lo pienso un poco. ¿Cuántas veces uno ve, en la tribuna, cómo se arma una trifulca entre hinchas del mismo cuadro, porque alguno no se aguanta los insultos del vecino de platea? Y no importa que el ofendido se haya pasado la última media hora diciendo cosas parecidas a las que ahora lo encolerizan, dichas por su vecino. No importa. Lo único que importa es que "nadie-más-que-yo" tiene derecho a decirles a estos imbéciles pataduras que lo son. Del mismo modo que el único que puede decirle a su hijo que no se coma los mocos, o a su hija que si sigue usando esas polleritas todo el mundo va a considerarla una atorranta.

Es por eso, entre otras cosas, que jamás inicio una burla futbolera. Yo sé que, para muchos de nosotros, cargar a los hinchas de otros equipos es parte del "folklore". Pero no para mí. Yo sé lo que se sufre cuando te critican a tu cuadro. Porque sé lo que se siente cuando alguien se queja de tus hijos. La ciega determinación de defenderlos, más allá de razones y argumentos. Defenderlos a partir de un amor inclaudicable, que te viene desde lo más profundo. Un amor del cual no das razones, porque en el fondo tampoco te pedís razones a vos mismo para sentir de ese modo. Con tus hijos y con ese otro hijo que es tu equipo de fútbol.

No sé si está bien o está mal. Pero así es como funciona.

# La tarde que Erico hizo un gol para mí

*Para Diego Borinsky.*
*Por el regalo de hacerme acordar.*

El viejo era español y tenía siempre la delicadeza de pasar bien pegado a la línea de las casas, para que nosotros no tuviésemos que interrumpir los partidos. Supongo que alguna vez supe su nombre, pero se me extravió en alguno de los muchos pliegues que tiene el olvido. Sí recuerdo, en cambio, su imagen y su voz.

Era bajo y macizo, y se notaba que había sido un hombre fuerte. Tenía la piel de un rosa subido y sanguíneo de quien se ha criado al sol y a la intemperie. Usaba el pelo cortado muy corto, y a mí me hacía acordar a un cepillo de cerdas gruesas y blancas, puesto patas arriba. Siempre andaba con unos pantalones negros y abolsados, sujetos por un cinturón igual de negro, encima del ombligo; y con una camisa blanca con el botón del cuello desprendido y las mangas recogidas por encima de los codos. Vestía, en suma, como debían vestir los viejos de su aldea, en España, cuando él era un chico. Y él se había traído ese recuerdo con el que los imitaba en su propia vejez, como se trajo el acento lleno de zetas y de eses que a los otros pibes les sonaba raro, pero a mí me gustaba porque me hacía acordar a mi tío Vicente, que también era español y había sido lo más parecido que tuve a un abuelo.

Desde que el viejo salía de su casa hasta que doblaba en la esquina, si nos sorprendía jugando a la pelota, no nos quitaba la vista. Y si dejaba libre la vereda no era por temor a recibir un pelotazo, sino porque le gustaba ver el juego que jugábamos. Y a nosotros, por nuestra parte, nos encantaba tenerlo de público durante ese ratito que demoraba en pasar hacia la calle de la estación. Jamás lo hablamos entre nosotros, pero todos queríamos lucirnos delante del viejo. Los más hábiles se prodigaban en gambetas, y se hacían rogar —más que de costumbre— para largar el balón a un compañero. Los que tenían buena pegada probaban suerte desde ángulos imposibles o distancias desaconsejables. Y los arqueros se dejaban, gustosos, el pellejo de los codos en el asfalto volando para la foto de los ojos celestes de aquel viejo.

Nunca nos dirigía la palabra si estábamos jugando. Únicamente lo hacía si nos encontraba matando el tiempo contra la pared de alguna casa. En esas ocasiones nos saludaba con un «Buenos días» sonoro y grave, con sus dos eses bien puestas. Como nos caía bien, le devolvíamos el saludo. Después nos preguntaba por la escuela o nos comentaba algo del clima, al estilo de «mañana llueve». No recuerdo si acertaba.

De fútbol nunca hablábamos, aunque fuera el fútbol lo que cimentaba nuestra complicidad. Nosotros sabíamos que el viejo sabía. De fútbol, sabía. Alguna vez la pelota se nos había escapado hacia el sitio por el que el viejo venía caminando, y esas son circunstancias en las que se mide lo que se sabe de fútbol. Es verdad que a esa altura de la cosecha el viejo no era precisamente ágil. Sin embargo, para devolvernos el balón jamás lo vimos cometer el sacrilegio de agacharse para dárnoslo con la mano, ni patear la pelota de puntín, ni dejar la pierna rígida y extendida sin flexionar la rodilla, ni mandar la pelota a cuatro metros del pibe más cercano, ni ninguno de esos pecados capitales que delatan a los que no saben jugar al fútbol. Claramente, el viejo se situaba entre los que sí sabían. La esperaba midiendo el pique y la velocidad, y ponía el pie de costado para dejársela mansa, y al pie, al jugador más cercano.

Una sola vez hablamos de fútbol. Teníamos la cancha armada sobre el pavimento de Guido Spano, y en lo personal tenía un humor de mil demonios porque Andrés me había metido tres goles al grito de "¡Gol, golazo de Boca!". No lo vi venir al viejo, porque con todos los poros palpitando venganza acababa de recibir el balón chanchito a tres metros del arco contrario, que lo tenía nada menos que a Andrés de guardameta. Sin sitio en el alma para sutilezas estéticas, le puse a la bola una quema feroz que entró como un balazo a media altura, y salí gritando "¡Gol, golazo, golazo de Independiente!", alargando las sílabas como le escuchaba hacer al Gordo Muñoz en los relatos de Radio Rivadavia.

En mi carrera de festejo me topé con el viejo, que me miraba y sonreía. Ya tenía dos motivos de felicidad: el gol y que lo hubiera visto el viejo. Pero además me habló: "Oye, muchacho: eres de Independiente..." me preguntó afirmando. Cuando me vio asentir, agregó: "¿Sabes quién vive aquí a unas pocas cuadras?". No. No lo sabía. Y por eso me quedé mirándolo, esperando que me lo dijera. A mi alrededor se habían arrimado el resto de los pibes, salvo el pobre Andrés que debía estar recuperando el balón desde tierras inhóspitas y lejanas.

"Aquí cerca, en la calle Aristóbulo del Valle", dijo el viejo, aumentando el suspenso. "Arsenio Erico", terminó, y se quedó viendo nuestras caras.

Supongo que esta historia luciría mejor si yo escribiese que quedamos pasmados, o que nos miramos incrédulos, o que nos henchimos de orgullo. Pero, en honor a la verdad, diré que no se nos movió un pelo. Corría el año 1979, y Erico había dejado de jugar tres décadas atrás. Además, como todos los chicos, pensábamos que el mundo había nacido con nosotros. Al viejo no le molestó nuestra ignorancia. Nos miró bien con sus ojos claros y sentenció: "El máximo artillero del fútbol argentino. Un goleador como no hubo". Tal vez fue la forma en que lo dijo el viejo. Esa sentencia sencilla y ajustada, dicha en esa voz un poco cavernosa y llena de sonidos de otras tierras. Es verdad que al principio ese nombre me sonó rarísimo. Lo de "Arsenio" me sonó a "arsénico", una sustancia tenebrosa que mi hermano mayor amenazaba, a menudo, con ponerme en el cacao de la tarde. Y el apellido me sonó a "Perico" y me dio un poco de gracia. Así que supongo que la primera imagen que me vino a la cabeza habrá sido la de un loro venenoso.

Por suerte al viejo todavía le quedaba una bala en la recámara. Andrés, a quien en algún punto del orgullo debía estar doliéndole mi chumbazo a media altura, dijo, con aires de superioridad, que su abuelo le había comentado algo al respecto, porque el tal Erico había sido ídolo de Boca. Fue entonces cuando el viejo lo miró con un ligero sobresalto y —me pareció— con un dejo de socarronería. "¿En Boca? No, muchacho. Erico jugó en Independiente —y por último agregó—: Siempre."

Ese fue el momento definitivo en el que Arsenio Erico entró en mi vida. Cuando el viejo lo nombró y lo situó a escasas cuatro cuadras de mi casa y de la de mis amigos. Cuando juntó esas palabras mágicas en un conjuro invulnerable. Cuando pienso en ese nombre me sale así: "Arsenio Erico. Goleador. Independiente. Siempre". Todas esas palabras vienen juntas.

En realidad, y por lo que supe después, hasta el propio viejo ignoraba que Erico había muerto un par de años antes de esa charla que mantuvimos en la vereda. Y que también había jugado algunos partidos en Huracán y también en su tierra paraguaya. Pero eran otros tiempos. Y los jugadores legendarios eran ni más ni menos que eso. No eran dioses, ni estrellas de la publicidad, ni conductores televisivos. No se los hacía participar involuntariamente en encuestas masivas lanzadas por los diarios deportivos, en parte porque los diarios deportivos no tenían razón de ser en un mundo en el que la gente se ocupaba también de algunas otras cosas. Me causa un poco de gracia la desesperación de algunos estadísticos, que últimamente han descubierto un par de goles repentinos de Ángel Amadeo Labruna, que los hace situarlo por encima de Erico en la tabla definitiva de los goles de bronce. ¿Será porque el prurito de la exactitud les escuece demasiado? ¿Será porque son de River? ¿Será porque les molesta que el máximo goleador del fútbol argentino haya nacido en Paraguay? ¿Será por algo que ignoro?

Lo que sí creo es que esos perfeccionismos dejan de lado lo esencial. Ni a Erico ni a Labruna les debía importar demasiado un gol de más, o un gol de menos. Debía bastarles con saber que la gente los admiraba y que los defensores les temían.

Esos jugadores dejaban muescas en la historia del deporte pero después, cuando se retiraban, hacían precisamente eso. Se retiraban. No se ponían a sacar cómputos exhaustivos. Labruna se hacía director técnico y, entre otras hazañas, le devolvía a River, en los setenta, toda su gloria. Erico, con el dinero que había juntado —que seguramente no fue mucho, y sin duda fue menos que lo que hoy en día cobra cualquier burrazo de medio pelo con un par de años en un club de Primera—, se compraba una casita cerca de la estación de Castelar, y dejaba que el tiempo lo fuera sumiendo en el olvido. Eso sí, supongo que al gran Erico le habría molestado que algunos hinchas de Independiente, hoy en día, usen la palabra "paraguayo" cuando quieren insultar a alguien. Paciencia: que si el género humano algo tiene en abundancia, son los imbéciles. Los goleadores no sobran, pero los imbéciles abundan.

De todos modos me gusta pensar en Erico ahí, en la vereda de su casa de la calle Aristóbulo del Valle, tomando el mate con el sol recostándose del lado de la estación del tren, pasando sus últimos años a cuatro cuadras de mi casa y la de mis amigos. Y pensarlo esa tarde en particular, cuando volvió a convertir un gol inolvidable, aunque fuera a través del conjuro de los labios de otro viejo, para regalármelo a mí. Erico. Goleador. Independiente. Siempre.

## Los momentos vividos

Creo que la cantan casi todas las hinchadas. La canción original se llama "Todavía cantamos". Pero las hinchadas argentinas, como tantas veces, han tomado la melodía y le han cambiado la letra para apropiársela, para que hable de su equipo. Y donde la canción de Víctor Heredia dice "Todavía cantamos, todavía pedimos / todavía soñamos, todavía esperamos", la de la hinchada reza "Vamos, vamos los millo...", o los rojos, o Academia, o lo que sea. Pero no es ese el verso que me interesa. El que me obsesiona en estos días es el que dice, en la canción original, "A pesar de los golpes / que asestó en nuestras vidas / el ingenio del odio, desterrando al olvido...". Para las hinchadas, ese verso se ha transformado en "A pesar de los años / los momentos vividos / sigo estando a tu lado / XX querido" siendo XX el nombre o el apodo del cuadro de uno. Seguro que la poesía de Víctor es mucho más profunda y habla de cosas mucho más importantes y definitivas. Pero de todas maneras me quiero detener en ese verso futbolero. El de "los momentos vividos".

Todos conocemos esa verdad de Perogrullo de que la vida es nada más que una suma de momentos. Pero no todos los momentos son iguales. Hay muchas clases de momentos. Es posible que casi todos los momentos sean anodinos, rutinarios, parecidos a todos los otros. Momentos casi descartables. Pero hay otros momentos que no. Momentos que no podemos cambiar, porque no los queremos cambiar. Momentos que nos han hecho ser los que somos. Momentos escasos y al mismo tiempo definitivos. Momentos distintos a todos los demás. Momentos que lo cambian todo, que lo deciden todo. Chiquitos como nuestras vidas. Y decisivos como lo que nos importa en serio. Los hay en la vida y los hay en el fútbol.

En nuestras vidas de hinchas hay un momento esencial. No estoy pensando en ese momento glorioso de una hazaña que supusimos imposible. Ni en ese momento tenebroso de un partido que perdimos y que todavía nos duele. Ni en el momento del gol que más gritaste en tu vida. No. No estoy pensando en ninguno de esos. Estoy pensando en el momento clave, el momento por excelencia, el momento crucial de nuestra vida como hinchas de un club: ese momento en el que nos enamoramos para siempre de nuestro cuadro. El momento en el que dijimos: "Yo soy de Lanús", o "de Banfield", o "de Quilmes". Todo lo demás, todo lo que vivimos en el fútbol nace desde ahí, desde ese momento fundante. Sobre esa piedra construiremos las hazañas, las derrotas, las esperanzas y los temores. Pero ese es el principio. Y cada cual llega a ese principio, a esa piedra fundamental, desde su propio camino. Siempre me gusta preguntarles a las personas por qué se hicieron hinchas de su club. Me encanta, me deslumbra recrear ese momento.

Hace algunos años me tocó ir a Rosario a dar una charla. Después de la cena, un hincha de Rosario Central caminó conmigo algunas de las cuadras que nos separaban de mi hotel. "¿Sabés por qué me

hice hincha de Central?", me preguntó. Por supuesto
yo no lo sabía, pero me interesaba que me lo dijera.
Me contó que, cuando era chico, una tarde se coló en
el Gigante de Arroyito. Central jugaba, por un Campeonato Nacional, contra un equipo mendocino. El
equipo cuyano promocionaba los vinos de una bodega
de su provincia, y sus jugadores obsequiaban, a cada
uno de sus rivales, una botella antes del partido, como
quien intercambia banderines. Resultó ser que los jugadores de Central, haciéndole honor a su apodo de
"canallas", se negaron a recibir los regalos. Y ese gesto
de incorrección, de insolencia futbolera, a este tipo lo
cautivó para siempre. Y mientras me lo contaba, caminando por las veredas de Rosario, y se reía al reme-
morar la picardía, le brillaban los ojos, como el día en
que los canallas lo enamoraron para toda la vida.

Extrañas circunstancias de la vida me colocan
frente a frente con la empleada de una mercería. No
importa qué hago yo en una mercería. Ni importa
cómo cuernos terminamos hablando de fútbol con la
empleada. Me cuenta que es hincha de Independiente. Y yo, un poco porque me asombra que una señora
que atiende una mercería sea futbolera, y otro poco
porque siempre me gana la curiosidad, le hago mi
pregunta favorita. Esa del por qué, del cómo fue que
se hizo del Rojo. Me cuenta que de chica vivía en el
sur, por ahí por Sarandí. Vivía con su padre, porque
su madre un buen día se había mandado mudar y los
había dejado solos. Y que en la escuela le iba mal, ti-
rando a pésimo. Y que un buen día cayeron del club,
en su escuela, a decir que iban a becar a un chico de
cada curso. Y que ella no le dio importancia porque
era mala alumna, y esas cosas les pasaban sólo a los

buenos. Pero resultó, y a la mujer le brillan los ojos cuando me lo cuenta, que de su grado la eligieron a ella. Y le pagaron los libros, el guardapolvo, todo, hasta que terminó. Y desde entonces empezó a ir a la cancha y no paró más. Me recita una formación de Independiente campeón. Yo no la interrumpo, aunque también me la sé. No le digo que yo también soy del Rojo. Ahora no importa. Lo único que importa es ella, su brillo y sus recuerdos.

Estoy de visita en los estudios de una radio, en Bariloche. A lo lejos se ven el lago y la montaña. El periodista que me hace una entrevista, mientras no estamos al aire, me comenta que es hincha de San Lorenzo. Es cuervo porque nació en Junín y viajaba a la Capital Federal con frecuencia a visitar a su familia, en ómnibus. Y quiso el destino que San Lorenzo saliese campeón, en 1974, en cancha de Vélez. Y que el ómnibus en el que viajaba quedase encallado, sobre la avenida Rivadavia, en el mar de los festejos. "Yo quiero esto", me dice el periodista que pensó entonces. "Yo quiero esta alegría para mí." Y se hizo cuervo. No sabía que la decisión iba a costarle la amargura de un descenso siete años más tarde, o que pasarían veintiún años desde esa alegría desbordante de Liniers hasta la siguiente vuelta olímpica. Cuando me lo cuenta, se nota que no le importa. Que esas banderas, y esos saltos, y esos gritos vistos a través de la ventanilla del micro le hacen nacer un amor a plazo fijo que tarde o temprano garpa, y que nunca va a dejarlo en bancarrota.

Puedo pensar que esta candidez, esta torpe lealtad definitiva es cosa nuestra, cosa de los argentinos. Pero cuidado. Hace unos meses tuve que ir a Londres, y me tocó cenar con un juez muy importante.

Hablamos de política, de su país y del mío, y resultó que el tipo era un fanático del fútbol. Del fútbol y del Arsenal de Londres. Y en mi inglés lleno de dificultades le pregunté por qué, le pregunté cómo. Empezó diciéndome que su papá era dentista. Me sorprendió un poco que su historia de amor empezase por ahí: *"My father was a dentist"*. Pero lo dejé hablar, hasta que su propia maravilla empezó a cobrar forma. Su padre era dentista, y atendía en su casa. A este juez, cuando era chico, le tocaba a veces abrir la puerta a los pacientes. Una vez, en 1971, se topó con un jugador profesional de fútbol: Charlie George, que era delantero del Arsenal. Al chico le maravilló que una estrella como él se atendiera con su padre. Y resulta que a los pocos meses Arsenal y Liverpool disputaron la final de la FA Cup. Y este chico, que ahora es juez, pero que mientras me cuenta esto vuelve a ser chico, asiste maravillado, por televisión, a la definición en tiempo suplementario de ese partido. Los noventa minutos han terminado sin goles. Apenas empieza el tiempo extra, Liverpool mete un gol. El Arsenal lo empata a los seis minutos del segundo suplementario. El juez inglés hace una pausa. "Kelly", murmura, para que yo sepa quién fue el que empató el partido. Le da vueltas a su copa de vino. Está un poco ruborizado. Supongo que se pregunta qué hace contándole el recuerdo más importante de su vida a un argentino. Yo lo espero. Finalmente vuelve a hablar. Faltan cuatro minutos para terminar el partido. Charlie George, el jugador estrella que se arregla los dientes con su padre, recibe el balón un poco afuera del área, del lado izquierdo de la medialuna, y saca un derechazo franco a media altura que se mete junto al palo. Charlie George se arroja al piso, boca arriba, extenuado y feliz. Y sus compañeros van a abrazarlo. Y este chico siente que ese gol del Arsenal es un poco de su padre, que le cuida la boca a Charlie George. Y desde entonces es del Arsenal para siempre. "*For ever*", dice el juez inglés, y levanta la copa para que brindemos por su Arsenal. Y yo brindo con él, porque por un rato le perdono la prepotencia del imperio. Porque le brillan los ojos recordando a su padre, el dentista campeón de la FA Cup de 1971.

Esos son los momentos que sirven para edificar el amor que sentiremos de allí en adelante. Después vienen las glorias y las decepciones, las broncas y las rebeldías, los sueños y las falsas promesas de que nunca más vamos a calentarnos por esa manga de yeguas que no saben patear una pelota. Porque vamos a volver, aunque en cada desencanto nos mintamos que no. Volveremos. Y todo por ese momento. Ese momento en el que tomamos partido para siempre. Unos jugadores rechazan de mal modo unas botellas de vino. Una chica se entera de que la han elegido para pagarle los estudios. Un pibe aprende, con la ñata pegada a la ventanilla de un ómnibus, cómo se festeja un campeonato. Otro se llena de orgullo porque su papá le arregla las caries al ídolo que sale por la tele.

Los momentos. Los momentos vividos. Momentos que lo cambian todo, que lo deciden todo. Chiquitos como nuestras vidas. Y decisivos como lo que nos importa en serio. Los hay en la vida y los hay en el fútbol.

## Cinco millones de lágrimas

Esta es una historia de un padre y un hijo. Y termina con el hijo dormido boca abajo, en su cama, mientras el padre, sentado en el borde, le rasca la espalda hasta asegurarse de que ha conciliado el sueño.

Antes de eso, antes de dejarse vencer por el cansancio, el hijo ha llorado a mares. Ha llorado sin consuelo, como se llora cuando uno llora en serio. Ahora el padre lo mira dormir en la penumbra. Lo ve enorme, con esos trece años que le crecen y le desbordan de los huesos. Enorme y, al mismo tiempo, tan chiquito como siempre. ¿Será un defecto de todos los padres, eso de ver siempre pequeños a los hijos, o será un defecto apenas de ese padre en particular?

Están lejos de casa. Mucho. Están en la habitación de un hotel brasileño, cerca de las cataratas del Iguazú. Así de lejos están. La hija duerme en la cama de al lado. Duerme desde hace varias horas. En la otra habitación, la madre duerme también desde hace mucho. Es normal. Está bien. Están cansadas. Pero ni el hijo ni el padre han podido dormir.

Horas atrás, mientras el sol de plomo de Iguazú se escondía detrás del horizonte, empezó esta historia que ha llevado al hijo a dormirse llorando. Estaban en la pileta, en plena jarana, y de repente se puso serio y preguntó si "iban a verlo". Así, sin circunloquios ni preámbulos. El padre puso cara de sorpresa. Cara de no saber de qué le estaba hablando. Pero sabía. "¿Acá en Brasil? Seguro que no lo dan", afirmó el padre, deseando que fuera cierto. "La tele agarra un canal de Posadas. Canal 12. Lo pasan por ahí", le informó su hijo con seguridad absoluta.

El padre, en silencio, se lamenta. Porque no quería saber. Qué cosa estúpida que es el espíritu humano. O, por ser más preciso, el espíritu de ese padre. Con ese tiene suficiente. Porque hace horas que viene deseando que no lo den. Que viene queriendo no enterarse. Supone el padre que, como hincha, un hombre atraviesa diferentes etapas en la vida. Bueno, él está en la etapa de hacerse el ciego y hacerse el sordo con el fútbol. Sabe perfectamente por qué. No quiere sufrir. No quiere perder. Si se pone profundo, advierte que no querer arriesgarse a perder le impide a uno la posibilidad de ganar. Uno no puede jugar si no tolera perder. Perfecto, señores, piensa el padre. Entonces no juega. Que el equipo siga sin él. Él está de vacaciones en las Cataratas. Y si se trata de un partido decisivo contra el puntero del campeonato, a él le importa un comino. Y si su equipo tiene la chance, después de siete años, de quedar a tres puntos de la cima de la tabla faltando cuatro fechas para el final del campeonato, le importa otro. No quiere saber. No quiere jugar. No quiere perder.

Pero ahí está el hijo, que pese a todas las elusiones estuvo recorriendo los canales de la televisión brasileña y encontró, entre todas las emisoras en portugués, el canal 12 de Posadas, mal rayo lo parta. Y el padre no puede dejarlo solo.

Y ahí salen los jugadores. A mil ochocientos kilómetros, salen a la cancha. Llevan pantalones blancos.

El padre se pregunta cuántos años, cuántas décadas, hace que el equipo no usa pantalones blancos. El hijo también lo pregunta, pero lo pregunta en primera persona. "¿Por qué usamos pantalones blancos, papá?" Así lo pregunta el hijo. Primera persona del plural. Nosotros usamos. Esa maldita primera persona del plural. Usamos. ¿Qué "usamos"? El padre no usa ningún pantalón blanco. El hijo tampoco. Son los jugadores los que los están usando. Ellos y gracias. Pero el hijo y el padre hablan así cuando hablan del equipo. Y el padre no puede corregirlo al hijo porque se lo enseñó él. ¿Y entonces?

Claro que puede decirle: "Mirá, petiso, todo lo que te enseñé era mentira. Dejá de creer en estos tipos, como dejaste de creer en Papá Noel o el Ratón Pérez". Puede decírselo, pero no va a decírselo.

Llueve. Por la tele se ve lo mucho que llueve. Eso es malo, piensa el padre. Los partidos en cancha barrosa se vuelven mucho más impredecibles. Y a mí qué me importa, se dice el padre de inmediato. Asunto de ellos. Ese equipo no soy yo. Ese equipo no soy yo, se repite el padre, y se siente en plena sesión de terapia de autoayuda. Pero no dice nada. Está su hijo. Y si el hijo ama de ese modo esa ficción es por culpa de su padre. Él se lo enseñó. Él le trasmitió ese amor ridículo e inútil. Así que lo menos que le debe es el silencio.

El silencio sobre lo que siente, sobre lo que teme, sobre lo que odia. De lo demás, sí que hablan el padre y el hijo. Comentan las jugadas. Discuten suavecito, por arriba nomás, sobre los jugadores que prefiere cada uno. Para quién fue el lateral que acaban de cobrar. Si el ocho de ellos es un paquete o sabe jugar al fútbol. A veces están de acuerdo. A veces no. El partido sigue. El equipo del padre y el hijo tiene tres, cuatro minutos de vértigo. Rodea el área del puntero del campeonato. El padre y el hijo se entusiasman. Porque los defensores del rival despejan con torpeza. Se siente que el gol está cerca. Se palpa que, en cualquier momento, puede venir el gol que los ponga a tres puntos de la punta. Pero se equivocan. El momento pasa y se extingue, como esas tormentas que son puro viento y truenos lejanos. Y casi enseguida termina el primer tiempo.

En el fondo, el padre está seguro de que van a perderlo. Ese partido ya lo vio cien veces. Mil veces. Eso de un equipo frágil que tiene sus cinco minutos de envión y los desaprovecha. Después pierde. El padre sabe que van a perderlo.

Y en ese momento se corta la luz. En Iguazú también está lloviendo, y mucho más que en Buenos Aires, y por eso o porque sí acaba de cortarse la luz en el hotel. Y el padre se siente culpable porque parece que tanto desear no enterarse, tanto desear no saber, y parece que al final se le va a cumplir el deseo. No tienen una radio. No tienen una computadora. El único modo de saber es con la tele. Y si la electricidad demora un par de horas, no habrá manera de saber. Al menos, no hasta el día siguiente.

La luz regresa después de media hora. Encienden el televisor otra vez. Van diez minutos del segundo tiempo y empatan uno a uno. Se preguntan cuál de los dos habrá metido el primer gol. Desean que haya sido el rival. Razonamiento básico del futbolero. Mejor empatar a que te empaten. Observan las tribunas. Se ven las de ellos, las del equipo del padre y el hijo. La gente está quieta. Significa que su equipo hizo el primer gol, y después le empató el rival, el que va puntero. El padre sabe pocas cosas acerca de la vida, pero esa la sabe. Cuando te empatan, sí o sí te quedás quieto un rato. Tal vez después vuelvas a saltar. Pero cuando te empatan, tu ilusión se desinfla y te obliga a dejar los pies bien puestos en el piso. El hijo se aproxima a la pantalla y, sin una palabra, señala a la gente quieta en la tribuna y dice "Íbamos ganando y nos empataron ellos". El hijo también sabe leer las tribunas, y el padre se avergüenza de pensar en todas las cosas importantes que no será capaz de enseñarle, porque ha perdido el tiempo enseñándole cosas como ésta.

Siguen viendo el partido sentados en el borde de la cama. Atrás la madre duerme, ajena a lo que pasa. El equipo tiene otro ramalazo de iniciativa. Ellos dos, a mil ochocientos kilómetros, estiran las piernas, intentando también conectar esos centros de rastrón que surcan el área penal del puntero. Pero no llegan a conectar ninguno. Ni ellos dos ni los jugadores, claro. El padre piensa en ellos. En los jugadores. Se pregunta cuánto les importa lo que sucede. Se pregunta qué le importaría a él, si estuviera en su lugar. El partido contra el puntero o el dinero que le pagan por jugarlo. Ese es otro motivo para su escepticismo. "Pelotudos millonarios", se dice. Un modo como tantos otros de insultarlos, o de descreer de ellos. Al padre le molesta que ganen dinero por hacer eso. Y que ganen tanto. "Soy un idiota", se dice. Un pusilánime. Porque en realidad se hace mala sangre por unos jugadores de fútbol y no se preocupa por los hijos de puta que se llenan de dinero traficando con armas o con drogas, sino con esos tipos que juegan al fútbol por dinero.

Se escandaliza por la injusticia de que ganen un dineral, pero no se escandaliza por los pobres o los oprimidos. Le viene a la memoria la frase pedante de un arquero narigón que hace un par de años se burló de un alcanzapelotas, refregándole que él —el arquero— tenía cinco palos en el banco. Así se lo dijo: "Yo tengo cinco palos en el banco". Y debe ser cierto. Puede que ese arquero sea un imbécil, pero el padre no cree que sea un mentiroso. Todo eso lo piensa mientras el equipo de nuevo se desinfla. Mientras de nuevo el partido se empareja. "Nos estamos quedando", dice el hijo, y el padre le da la razón.

Y de nuevo lo asalta, al padre, la certeza de que van a perderlo. Y ni siquiera le preocupa ahora el uso indebido de la primera persona del plural. Porque está abrumado por la certeza de que tarde o temprano un contraataque del puntero del campeonato va a terminar en el arco. Porque ya vio ese partido cientos de veces. Miles. Sobre todo en los últimos años, mientras su equipo se convertía en este equipo mediocre y vulnerable que es ahora. Mira a su hijo, que todavía tiene tiempo de esperanzas. Todavía se sacude cuando un centro cae al área. Su mujer protesta en sueños por las sacudidas del colchón. Feliz de ella, que puede dormir en semejante momento. Feliz de ella que no entiende estas estúpidas lealtades de los hombres. O de algunos hombres. Como el estúpido del padre, que no solo las ha encarnado, sino que se las ha enseñado al hijo.

Y sucede. El gol del rival finalmente sucede. A los treinta minutos del segundo tiempo. Un contraataque, un par de rebotes suertudos, una buena definición. Ahora sí se termina el campeonato. El padre se va al baño. No quiere ver las repeticiones de la jugada. Cuando uno está en la cancha, por lo menos, los goles del rival se ven una sola vez. Pero en la tele los dan cien veces. Aunque uno esté viendo el Canal 12 de Posadas, provincia de Misiones, a mil ochocientos kilómetros de su casa en un hotel que queda en un país en el que hablan otro idioma.

Cuando el padre vuelve del baño el hijo se ha ido a la otra pieza, donde duerme su hermana. El partido sigue. El padre sabe que el hijo no está durmiendo, sino esperando un milagro. Está esperando que su equipo lo empate. Que lo empate primero y lo gane después. A veces pasan, esas cosas. En el fútbol, pasan. Claro que, por cada vez que ocurren, hay otras cien veces en que no ocurren. Tantas que al final —y si a uno le dieran a elegir— sería mejor que no ocurrieran, porque así la esperanza termina siendo el más exquisito de los castigos, la más irónica de las burlas del destino. Una vez ibas perdiendo con Chicago hasta los cuarenta y cinco del segundo tiempo, y con dos goles entre el minuto 45 y 48 lo diste vuelta y lo ganaste. Eso pasó hace un montón. Pero ahora, cada vez que perdés, imaginás que puede pasar lo mismo.

Y el hijo, acostado en la penumbra, le ha dejado ese encargo tácito. Despierto, con los ojos fijos en el techo, espera que dentro de quince minutos el padre se acerque a su cama y lo abrace y le diga que ocurrió el milagro. Espera eso. Necesita eso. Y el padre mira el partido deseando con todo su amor que sea cierto. Espera poder regalarle semejante maravilla. Pero pasan los minutos y el equipo ni siquiera ataca. El puntero espera bien parado atrás. No tiene apuro.

Y los jugadores propios no tienen ideas. "Propios", vuelve el padre sobre las mismas palabras con las que piensa. Seguro que alguno de esos futbolistas tiene cinco palos en el banco. Y seguro que alguno de los que todavía no los tienen los tendrá en el futuro. Pero ahora al padre eso no le importa. Lo único que quiere es que empaten y que ganen. Quiere regalarle eso a su hijo. Pero van treinta y cinco minutos y no sucede. Y van cuarenta. Y están en tiempo cumplido. Y el hijo sigue esperando, en silencio y en la oscuridad. No queda casi tiempo para nada. Un par de centros desesperados y un árbitro que alza los brazos para indicar que el partido ha terminado. Listo. Adiós campeonato. Hace un rato estaban a 6 puntos. Por unos minutos estuvieron a 3. Ahora quedaron a 9. Se acabó el campeonato. Otra vez.

Pero todavía falta. Debe levantarse e ir hasta la otra pieza. Camina sin hacer mucho ruido. Sabe que su hijo está mirándolo aunque esté oscuro. El padre se sienta a su lado. La cama cruje. En ese momento, el padre cambiaría cinco palos en el banco por poder decirle: "Lo dimos vuelta. Somos unos genios. 3 a 2, sobre la hora". Pero no puede. Porque no le puede mentir, y porque jamás tendrá cinco palos en el banco.

"Terminó", le dice. Suena menos cruel —¿en serio se cree que suena menos cruel?— que decirle simplemente: "Perdimos".

Y el hijo llora. Un sollozo largo, primero. No ve su cara, pero el padre puede imaginarla descompuesta de rabia y de tristeza contra la sábana. No hubo milagro. Solo la verdad. La verdad, y gracias. Y llora cada vez más fuerte. Cada vez con más desconsuelo. Y al padre se le acalora el ánimo y se le crispan los puños. No se puede oír llorar a un hijo sin que a uno le entren ganas de cagar a trompadas al culpable. Claro, el asunto aquí es encontrar al culpable. La fatalidad, o el fútbol, o esos imbéciles millonarios, o el idiota del padre de ese pobre hijo, que lo envolvió en esas falsas ternuras y en esos sueños imposibles.

"Soy un tonto", dice el hijo, con la voz ahogada contra las sábanas y contra sus hipos. "Soy un tonto porque me ilusioné. Y siempre me ilusiono al pedo." El hijo dice eso, y sigue llorando. Y el padre, recostado contra el respaldo de la cama, inicia ese rito de rascarle la espalda mientras intenta encontrarle palabras que le sirvan para algo. Pero ¿qué puede decirle? Podría intentar un curso veloz de racionalismo. Y explicarle que es todo un negocio, un negocio en el que los hinchas no tienen arte ni parte, un negocio en el que todos ganan dinero menos los giles que miran, que miran y creen, que creen y quieren. Podría hablarle de esos estúpidos millonarios. Y tendría razón. Sería cierto.

Y mientras duda, el hijo sigue llorando, y sintiéndose un idiota por haberse ilusionado. Y el padre piensa que nunca va a tener una respuesta para ese dolor que tiene su hijo. ¿Qué puede desearle? ¿Que la vida lo preserve de las desilusiones? Sería una utopía. El único modo de evitar la desilusión debe ser vivir con los pies y los ojos bien clavados en el suelo. Y no quiere desearle que se convierta en un escéptico, en un apático.

A fin de cuentas, no es tan malo haberlo hecho tan fana como él, de su propio equipo. Por lo menos les queda esto. Sufrir juntos. Abrazarse con los goles. Reírse amargamente cuando los suyos son vulgares y predecibles. Y ahí aparece de nuevo ese fatídico pronombre posesivo. "Suyos". Los "jugadores suyos". Esos jugadores que tienen millones de mangos en el banco y que no tienen casi nada que ver con ellos dos. El padre se corrige: esos jugadores tienen algo que les pertenece, a su hijo y a él. Tienen esa camiseta que los emociona cada vez que la ven. Que refulge cuando salen a la cancha cualquier domingo a la tarde. Que los enternece cuando se la ven puesta a un pibito por la calle. Que los reconforta cuando se cruzan a un tipo que la viste y pasa en bicicleta.

Mientras salgan a jugar con esa camiseta, esos jugadores son suyos. De ese padre y ese hijo. Les pertenecen. Aunque sean demasiado burros como para salir campeones. El padre lo sabe, porque ya lleva muchos años de fútbol sobre las espaldas. Y el hijo lo ignora porque todavía está tierno para estas cosas. Y está bien que así sea.

El año que viene, el hijo volverá a ilusionarse en cuanto ganen dos partidos seguidos. Y el padre volverá a ilusionarse con la alegría de él, con su indómita e infundada esperanza. Que vivir no es otra cosa que eso: esperanzarse al pedo. Y envejecer, piensa el padre mientras sigue rascando la espalda de ese hijo dormido, se puede envejecer de dos modos: perdiendo las esperanzas, o cambiando unas esperanzas por otras.

Y mientras se aleja sin hacer ruido, y vuelve a su propia cama, y su mujer se acomoda un poco para hacerle sitio, el padre piensa qué lindo que es el fútbol, que siempre, pero siempre, te sigue enseñando cosas.

# Dos mundiales y un país de fantasía

Hoy ando con ganas de escribir una ficción, aunque no la tengo fácil. Hay ocasiones en que las historias se te ocurren enteritas, de principio a fin, y el escritor lo único que tiene que hacer es dejarse llevar y poner en palabras las imágenes que le han surgido, encadenadas, dentro de sí. Pero otras veces pasa esto: uno tiene algunas imágenes, pero no todas. Entre ellas quedan huecos o mejor dicho, silencios. Eslabones vacíos. Y da mucho trabajo llenarlos. Encontrar el cemento que los aglutine, que les dé coherencia, cuerpo y entidad.

Lo que puedo hacer, por el momento, es compartir con ustedes los elementos que sí tengo. Los materiales y las imágenes de los que sí dispongo.

Imagino esta historia en 1982, en algún país de América del Sur. Tiene que ser de América del Sur porque ese país de fantasía tiene que estar gobernado por una dictadura militar. Y en América del Sur, a principios de los ochenta, esas dictaduras abundan. Y otro requisito de esta ficción que quiero construir es que se trate de un país futbolero, pero muy futbolero. Y 1982 fue un año de campeonato mundial. Y la ficción que tengo en mente incluye, de modo lateral o no tanto, al fútbol.

La cosa es así: este país sudamericano y futbolero se dispone a disputar el Mundial de España, que empieza en junio de 1982. La opinión pública, que no es nadie pero al mismo tiempo son casi todos, abriga muy firmes esperanzas de hacer un estupendo papel en ese campeonato. No son esperanzas infundadas: ese país viene de ganar, en 1978, el Mundial anterior, y en 1979, el Mundial Juvenil. Las perspectivas son estupendas: la base de los campeones del 78 sumados a los pibes del 79. Y entre esos pibes, juega el que —según unos cuantos— está destinado a convertirse en el mejor jugador de fútbol de la historia. En síntesis, la amalgama perfecta entre logros y expectativas, entre experiencia y juventud, entre solidez y lozanía. El alfa y el omega, el yin y el yang, el "nos comemos los chicos crudos" y el "ganamos la Copa de punta a punta".

Sin embargo, algo sucede en ese país de fantasía apenas unos meses antes de la hazaña inminente. El gobierno —ya dije que este país sudamericano que imagino está gobernado por una dictadura— lanza una acción militar para recuperar un territorio colonial que ese país viene reclamando desde hace mucho. Acá tengo mis dudas, con lo del territorio. No estoy seguro de dónde situarlo. Podría ser una región selvática y tropical, digamos, amazónica. Ahí da para hablar de mosquitos ponzoñosos, de un calor húmedo e insoportable, de una naturaleza hostil e intimidante. Otra opción serían sus antípodas: una región fría, helada, insular, aislada en medio del mar o del vacío. También aquí la naturaleza puede aportar una dosis de dolor y de tragedia. Creo que esta opción es la mejor. La del sur, la de unas islas frías en medio del océano. Porque, en cierto momento de esta ficción que quiero construir, necesito remarcar la sensación de soledad de los que están en ese territorio. Sí, definitivamente me quedo con las islas australes. Son un estupendo elemento trágico.

De todas maneras, elementos trágicos no me faltan. Diría que me sobran. Para poner las cosas difíciles, la reconquista territorial se hace a expensas de una potencia colonial de primer orden. Pongamos, por caso, Inglaterra. Una Inglaterra gobernada por los conservadores. Esos son datos importantes. Porque si fuera un país menos colonialista, o un partido político menos colonialista, tal vez los sudamericanos tendrían una chance de salirse con la suya. De conservar ese territorio recuperado. Pero no con Inglaterra, ni con los conservadores ingleses. Porque Inglaterra va a responder a la invasión con la guerra. Ahí ya tenemos un elemento trágico importante. ¿Hay algo más trágico que una guerra?

Pero cuidado, que existen todavía más elementos para alimentar el costado trágico de la ficción. Porque este país sudamericano enviará, al lugar del conflicto, un ejército formado, fundamentalmente, por chicos. Habrá algunos soldados profesionales. Pero la mayoría no. La mayoría serán chicos de dieciocho o diecinueve años. Saquemos cuentas. Serán de la clase 1962 y 1963. Chicos que son eso: chicos sin experiencia militar, chicos sin vocación de soldados, sin preparación de tales. Chicos.

Repasemos los elementos: un lugar frío, lejano y hostil. Una potencia vengadora con deseos de guerra. Un ejército de chicos que no son soldados. Tal vez se me está yendo la mano con esto de la ficción. Tal vez nadie crea posible una historia semejante. ¿Qué sociedad puede estar dispuesta a embarcarse en una aventura así?

Agreguemos algunos detalles. En este país de fantasía, el gobierno militar controla los medios de comunicación. Y aquellos medios a los que no controla, se controlan solos. Se cuidan de decir cosas que molesten al régimen. Entonces la improvisación presidencial no es improvisación sino "un plan largamente elaborado". Y la aventura de recuperar las islas no es una aventura sino "una gesta heroica". Y la certeza de que los ingleses van a pulverizar a ese ejército de chicos es una mentira, una vil patraña. Como mentira será la muerte, mentira serán el hambre, el frío, el maltrato y el armamento obsoleto e insuficiente. Dios es nuestro. Dios está con nosotros. Nada malo puede ocurrirnos.

Vuelvo a detenerme. Releo lo que he escrito y sí, la verdad es que se me fue la mano. Es demasiado inverosímil que un gobierno militar lleve adelante una historia como esta. Es delirante. Supongamos por un instante que no. Que hay personas lo suficientemente enloquecidas o insensibles como para intentar algo así. Pero está el freno de la sociedad. ¿Qué sociedad podría acompañar una locura semejante? Más allá de lo que digan los diarios, las radios, la tele o las revistas. ¿En qué cabeza cabe pelear una guerra contra Inglaterra con un ejército de chicos? Supongo que este debería ser el límite de la ficción que estoy construyendo. Hasta acá puedo inventar esta locura. Más allá no puedo seguir inventando. Porque sería imposible que la sociedad, o buena parte de ella, se comiera ese caramelito ácido de mentiras y falseamientos y exageraciones e improvisaciones atadas con alambre.

Entonces, claro. Lo lógico es que la sociedad se mantenga al margen. No puede oponerse abiertamente, porque se trata de una dictadura sangrienta. Pero la población de este país sudamericano, sin duda, manifiesta su oposición a esta locura vaciando las plazas, arriando las banderas, desoyendo las marchas militares. Si este es un país de gente sana, esa gente se refugia en sus casas para evitar aparecer como cómplices de la aventura.

Pero detengámonos un momento. ¿Qué ocurriría si eso no sucede? ¿Qué pasaría, en esta historia de ficción, si la hipotética población de mi hipotético país se entusiasmara hasta el paroxismo con la aventura? No digo todo el mundo, porque siempre quedan personas razonables que podrán condenar lo que sucede con su reconcentrado silencio. Digo la mayoría. Yo sé que es imposible, pero le pido al lector que me acompañe por un rato en esta fantasía. Porque, aunque humanamente esa posibilidad sería terrible, para la historia de ficción que me propongo escribir estaría buenísimo.

Imagínense. Las plazas rebosantes de manifestantes entusiastas que agitan banderas y vivan al osado general aventurero. Los voluntarios que se agolpan para ir a pelear. Los optimistas que se acercan a cualquier micrófono o cámara disponible para felicitar al gobierno. ¿Se imaginan? Una sociedad que, de buenas a primeras, y mientras espera el Mundial de fútbol de España, cambia momentáneamente un deporte por otro. Deja de hablar de delanteros y mediocampistas y se convierte en especialista sobre misiles Exocet y negociaciones en las Naciones Unidas. Deja de analizar los rivales del grupo C de la Copa para analizar las chances de un desembarco inglés y la conveniencia de aproximarse al bloque de Países No Alineados. Una sociedad que deja —por unos días— de enfurecerse porque el periodismo internacional no es unánime en considerarnos los futuros campeones, para indignarse por el no cumplimiento del Tratado Interamericano de Asistencia Recíproca. Ya sé —repito— que es imposible que un pueblo casi entero se comporte así. Pero les pido que me acompañen en la hipótesis.

En esta historia de fantasía, un mes y medio antes del mundial empieza la guerra. Y ahí se va el país detrás, encolumnado. No digo el ejército de pibes, que ya está en ese sitio, y no tiene para dónde escapar de los tiros. Digo la sociedad que los ha enviado. ¿Será posible inventar una sociedad que, enceguecida, se crea a pies juntillas todas las barbaridades ilusorias que le cuentan? Una sociedad que empiece a computar aviones derribados y barcos hundidos como si fueran goles de ese mundial inminente. Una sociedad capaz de borrar de un plumazo la noticia brutal de un crucero propio que se hunde y que se lleva consigo a 323 compatriotas al fondo del mar. Una sociedad que se detiene, cada día, varias veces, cuando en la tele aparece el escudo y la voz en cadena nacional de los comunicados del Estado Mayor Conjunto. Una sociedad que toma lápiz y papel y anota, como en el juego de la batalla naval: A4, agua. F8, hundido. Una sociedad que todos los días se va a dormir cándidamente convencida de que "estamos ganando".

Para completar la historia, en un momento deben confluir los dos mundiales, el del Sur y el de España. Se me corregirá que no, que en mi historia no son dos mundiales, sino una guerra y un mundial. Y yo diré que me disculpen pero que lo del Sur, para esta sociedad enloquecida que estoy creando en esta historia, se vive más como un mundial que como una guerra. Una guerra cuyos muertos no vemos, una guerra que se festeja como un torneo que nos tiene sólidos en la punta de la tabla, una guerra en la que nos creemos cualquier mentira con tal de que llegue vestida de buena noticia, una guerra que no aceptamos ver como tal, con todo su peso de tragedia y de muerte. Una guerra que estamos dispuestos a enfrentar como un gran desafío deportivo.

Ya para esta altura de la narración voy a mezclar situaciones imposibles. Por ejemplo: la selección de este país sudamericano tendrá que jugar el partido inaugural del Mundial con la guerra todavía en marcha. Ya sé que es imposible. Que ningún país va a mandar a su selección a jugar un mundial en medio de una guerra. Pero les pido que me sigan el juego hasta el final. ¿Se imaginan? Todo el mundo con las camisetas, las banderas y las cornetas. Toda la sociedad exhumando el carnaval del Mundial anterior. Toda esa gente dispuesta a ganar los dos mundiales al mismo tiempo. ¿O para qué carajo Dios es nuestro?

Se me ocurre una escena más imposible que ninguna otra: El primer tiempo del partido inaugural termina 0 a 0. En el entretiempo aparece un comunicado del Estado Mayor Conjunto, uno de esos con la marchita y el escudo, para contar que los valientes soldados de la patria combaten en los alrededores de la capital de las islas, con ahínco y fervor inusitados.

Les ruego que no dejen entrar al sentido común. Porque si lo dejan entrar, ese tiene que ser el momento en que esa sociedad, si no pudo hacerlo antes, ahora sí concluya que se dejó estafar, se embanderó en una empresa imperdonable, que permitió con su aplauso estúpido que un montón de pibes fueran enviados a pelear en un infierno. Y la gente sale masivamente de sus casas, deja a la Selección Nacional jugando sola en los televisores, y exige que la guerra se detenga ya, que no se dispare ningún otro tiro, que ningún pibe siga en peligro.

En mi historia no. En mi historia la gente escucha el comunicado con gravedad, con preocupación, intuyendo que las cosas son mucho peores que lo que los medios venían anunciando —y la gente se venía creyendo—. Pero después empieza el segundo tiempo del partido con Bélgica y la gente vuelve al asunto, porque con Kempes y Maradona juntos no hay Dios que nos impida el bicampeonato.

En mis días buenos me consuelo pensando que, en 1982, yo tenía catorce años. Y que mi juventud me disculpa de mi credulidad, de mi simplismo, de mi ingenuidad cómplice que colaboró con que muchos pibes perdieran la vida, o el deseo de la vida, en esas islas lejanas. Pero en mis días malos me digo que no. Que ni los otros ni yo tenemos disculpa.

# El último de estos últimos

Acerca de Riquelme se han escrito ríos de tinta, y se han impreso páginas como para empapelar la patria entera. En estas últimas semanas, sin ir más lejos, su decisión de irse de Boca se convirtió en un tema de debate público.

Al día siguiente de la final de la Copa, contra Corinthians, los canales de noticias exhibían, en cámara lenta, la cara que ponía el presidente de Boca Juniors cuando se cruzaba con Riquelme, después del partido. Y diversos periodistas especializados se convirtieron en consumados analistas de expresiones faciales, con el objeto de determinar si la de Angelici era cara de bronca o de desilusión, de despecho o de desprecio, de angustia o de rabia, de pena o de incredulidad. Horas y horas de programas de radio se dedicaron a analizar los entretelones de la decisión de Román, sus causas y sus consecuencias, sus antecedentes y derivaciones.

Y yo me encuentro en una terrible disyuntiva. Tal vez los lectores hayan notado que suelo rehuirle, en mis columnas para *El Gráfico*, a los temas de actualidad. No lo hago por hacerme el difícil. Lo hago porque no soy periodista, y carezco de su capacidad para buscar, para desmenuzar, para procesar la información. Es más: ni siquiera tengo el cuero curtido como para aguantar los ataques de la gente que te odia por las opiniones que vertís en una nota. Me imagino que los periodistas están acostumbrados al destrato cibernético de los "comentarios" en los sitios web, o a los mensajes en las redes sociales. Yo, en mi tierna torpeza, me quedo pensando, al leer un comentario que me defenestra: "Y a éste... ¿qué le hice?".

"Zapatero a tus zapatos", decía mi vieja cuando yo era chico y me veía deambular por la casa, demorando el momento de sentarme a hacer, de una vez por todas, los deberes. Pues bien, yo reconozco que no soy zapatero en estas labores. Soy, a duras penas, un tipo al que le gusta mucho el fútbol y le gusta escribir. Y esas dos cosas juntas confluyen acá, en estas páginas. Y algo tengo ganas de decir, sobre Riquelme, ahora que parece que no va a jugar más por estos lados. Por lo menos en lo inmediato. Lo que sigue es lo que yo pienso de Juan Román Riquelme.

Cuando en una tribuna me pongo a conversar con uno de esos hinchas viejos, que mastican su nostalgia en cualquier platea, casi siempre se me ponen a contar de una época (*su* época) en la que todos los jugadores tenían buen pie, y se daban la pelota redonda unos a otros, y tiraban lujos cuando iban ganando y cuando iban perdiendo. Tal vez el pasado fue así. O tal vez esos viejos eligen recordar lo que les conviene, o lo que les quedó grabado en la memoria a pura fuerza de asombro y de belleza, y por eso suponen que el pasado fue mejor de lo que fue.

Lo cierto es que a mí me tocó otra época. Esta época. Una época donde abundan los atletas que parecen tener ocho pulmones pero los pies redondos. Tipos que pueden correr doce kilómetros en noventa minutos, pero incapaces de darte un pase como la gente a cinco metros de distancia. Tipos dotados con la agilidad de saltar un metro y medio desde el piso (y de paso romperse la cabeza contra un rival que sabe hacer exactamente lo mismo), pero inhábiles para anticipar el pique de un balón que viene envenenado por el efecto. Tipos que pueden hostigar a un rival como perros que le ladran a la rueda de un colectivo, pero que no saben cómo sacar un lateral sin tirarla a dividir.

Este es el mundo en el que juega Riquelme. No es un jugador exquisito en una época de exquisiteces (suponiendo, repito, que esa época haya existido, nomás). Es un exquisito cuando casi todos han renunciado a serlo. Un gourmet en una época de hamburguesas mal cocidas.

No voy a cometer el desatino de sostener que Riquelme no corre. Sí que corre (y por algo el físico le viene pasando las facturas que le viene pasando). Es posible, empero, que corra un poco menos que esos atletas de pies chúcaros. Y sucede que Riquelme sabe tanto, pero tanto, con la pelota y sin ella, que usa el tiempo y la velocidad ajena para lo que necesita. No importa el pase de morondanga que le entregue un compañero. Riquelme sabe recibir, domesticar ese balón, y poner el cuerpo. Para Riquelme poner el cuerpo no es ir al choque, como dos energúmenos, a ver cuál termina con más puntos de sutura. Poner el cuerpo es ubicar la pierna, y la cadera, y el trasero, y la espalda, entre el rival y la pelota. Y mientras el rival gira como un trompo para encontrar un resquicio, mover apenas el cuerpo, y zarandear apenas el balón, para que su posición se mantenga inexpugnable. Y mientras hace eso, con la displicencia y el automatismo de quien espanta moscas, Riquelme observa y piensa. Sabe tanto con la pelota que no necesita mirarla. Y entonces puede observar al resto. A sus compañeros y a sus rivales. A los sitios de la cancha en los que están y en los que van a estar dentro de cinco, dentro de seis, dentro de siete segundos, cuando Riquelme considere que es el momento y el lugar exactos para que la cosa siga. Y ahí viene la otra parte de la magia de Riquelme.

Mi suegro, además de tenista, era un excelente jugador de ajedrez. Lo que más me llamaba la atención —cuando me destrozaba en una partida— era que el tipo se anticipaba dos, tres, cuatro movidas para decidir sus acciones. Yo, que a duras penas podía tomar una cabal dimensión del tablero tal como estaba en el momento, me enfrentaba a alguien que sabía lo que iba a suceder y lo que no. Un bombardero B-52 (él) contra un carrito de rulemanes (yo). Pues bien, Riquelme, y los jugadores que son como Riquelme, juegan así. Sabiendo no sólo lo que pasa, sino lo que está a punto de pasar.

Más de una vez le escuché decir a Alejandro Dolina —uno de los tipos más lúcidos que andan por ahí, si se me permite— que los hombres merecen ser juzgados por sus mejores obras, no por las más mediocres. Me parece un principio absolutamente digno. Nuestras vidas, las de todos, la de Riquelme, la de cualquiera están llenas de actos diversos. Reprobables, dignos, rutinarios, lamentables, especiales, bellos, insípidos, despreciables. Si voy a recordar a alguien... ¿qué me cuesta detenerme, sobre todo, en lo mejor que hizo?

Yo no puedo meterme a describir, ni mucho menos a juzgar, qué motivos tiene Riquelme para proceder como lo hace. Ni puedo decir si hace bien, o hace mal. No soy quién para detenerme en juzgar si fue un tipo conflictivo o armonioso, amarrete o generoso, materialista o bohemio. Si a duras penas uno conoce a las personas con las que convive, ¿qué puedo yo saber del modo de ser de alguien a quien sólo vi a través de una pantalla de televisión, o a setenta metros de distancia y desde una tribuna? Mucho menos puedo anticipar lo que será de la vida de Riquelme en el futuro.

Lo único que puedo rescatar es esto: que Riquelme hizo de este juego del fútbol, que a mí me gusta tanto, algo más lindo que lo que habría sido si Riquelme no hubiera jugado. Y habiendo, en el fútbol y afuera del fútbol, tanta gente dispuesta a generar y reproducir mugre y fealdad —basta con mirar un rato de tele, por ejemplo—, yo me quedo con eso.

Creo que existen dos clases de grandes jugadores. Los que te provocan asombro porque nunca hacen lo que uno supone que van a hacer. Y los que te provocan asombro porque, aunque hagan lo que uno supone que van a hacer, no hay manera de impedírselo. Y Juan Román Riquelme es de estos últimos. Tal vez —ojalá que no—, el último de estos últimos.

# Domingos a la tarde

A veces los domingos a la tarde eran una pesadilla. No siempre. Pero cada tanto, sobre todo en invierno, esas tardes cortas y frías, con el sol cayendo en diagonal en las veredas y en los árboles desnudos, eran una tristeza y daban ganas de llorar.

Era como si el fin de semana se desinflara de pronto, como esos globos rojos de papel que se encienden para fin de año y que de repente y por el motivo que sea (porque los encendimos con demasiado kerosene, porque demoramos en soltarlos, porque se enredaron en el cable de la luz o porque los sorprendió una ráfaga de viento) se balancean, se incendian y se vienen abajo. Los domingos a la tarde era como si esa euforia, ese gusto por vivir que arrancaba los viernes después de la escuela, nos abandonara de repente.

Al terminar el almuerzo, en la sobremesa de párpados pesados, surgían como espectros los primeros síntomas del lunes. Un padre o una madre que nos preguntaba si teníamos "armada la valija" (en esos tiempos, a la escuela uno iba con una valija de cuero con herrajes de metal, y las mochilas se usaban sólo para acampar), y era como un sopapo de realidad y de obligaciones que nos restallaba en el rostro. La gente grande enfilaba con paso errático hacia su pieza para dormir la siesta, y a nosotros no nos cabía en la cabeza que fuesen capaces de malgastar así su tiempo, ese tiempo de arena fina y seca que empezaba a escurrirse hacia la noche sin que supiésemos cómo detenerlo.

Muchos domingos nos salvaban los pibes. Los otros pibes del barrio. Los que venían a buscarnos con la pelota bajo el brazo, dispuestos a mantener a raya a los fantasmas por lo menos hasta la hora del crepúsculo. Entonces uno salía a la vereda y el sol no era tan inútil, ni el lunes tan amenazante.

Pero en aquellos tiempos existía un peligro inminente que pesaba sobre esas diversiones postreras del fin de semana: las visitas a los parientes. No sé si en esa época las familias eran más grandes, o lo que eran grandes eran las obligaciones para con las tías y los padrinos, pero muchas veces los domingos a la tarde lo que pasaba era que dos, tres, cinco, o casi todos los pibes de la barra, se iban "de visita".

En esas tardes particularmente funestas uno podía tocar cinco o seis timbres y encontrarse con idéntico resultado: la puerta apenas abierta, el rostro macilento de nuestro amigo imposibilitado de salir a jugar, muchas veces ya bañado y vestido para salir, y la frase fatal de "nos vamos de visita". ¿Qué podía hacerse entonces? Nada. Mascullar un "Ah, qué lástima, nos vemos", picar la pelota un par de veces y seguir de largo. Y si ese fracaso se repetía en cuatro, en cinco casas, la tarde del domingo estaba definitivamente perdida.

Los que se quedaban se sentaban, desganados, en el cordón de la vereda. Y los que se iban, bien vestidos y mal que mal bañados, irían saliendo a la vereda para partir con sus familias en pleno. A los que tenían auto los veíamos pasar, borrosos, detrás de la ventanilla trasera del Falcon o del Renault 12.

Los que no, pasarían caminando en grupo hacia la estación, o la parada del colectivo.

Los que partían tampoco estaban contentos. En el rápido cruce de miradas entre los que se iban y los que no, uno se daba cuenta de que los que partían hubiesen preferido quedarse, aunque fuese aburriéndose al lado de los otros, en el cordón, antes de gastar las últimas hilachas del fin de semana apretujados en el asiento de atrás de un auto, aturdidos por los gritos de los hermanos menores y atorados en un embotellamiento en la General Paz o el Camino de Cintura. O con la nariz pegada a la ventanilla de la Costera Criolla en un viaje interminable a lo de la tía Beba residente en Los Polvorines o en Ezpeleta.

Pero igual se iban, porque en esos tiempos a ninguno se le hubiese ocurrido plantarse frente a los padres para decir: "A lo del abuelo Chicho no voy ni amordazado", o "Estoy harto de que la casa de la madrina quede en Villa Lugano y de que ella me pellizque las mejillas al saludarme". Éramos demasiado dóciles y bien educados para esos desplantes.

Y los que quedaban en el barrio resultaban demasiado escasos para un fútbol callejero, una escondida o un quemado, y se gastaban la tarde en juegos inapetentes, que se extinguían antes de terminar de tomar forma.

Éramos demasiado chicos para que nos interesaran las transmisiones de fútbol. Veíamos a los grandes atarearse, después de la siesta, revisando boletas de Prode, anotando goles y soñando vanamente con amanecer, el lunes, millonarios. Hace tanto tiempo de lo que estoy contando que todos los partidos se jugaban a la misma hora, la fecha completa, porque era más justo, porque ese era el privilegio de los clubes de primera división, y porque a nadie se le había ocurrido todavía negociar con derechos televisivos. Pero los partidos por radio para nosotros no pasaban de eso, de un rumor que servía de música de fondo para nuestros juegos o, en domingos como esos, para nuestro aburrimiento y nuestro desgano.

Algunas de las peores diabluras que recuerdo haber perpetrado en mi niñez fueron hijas de esas tardes de domingo sin amigos y sin nada que hacer. Será por eso que creo que la maldad, en ocasiones, es hija del aburrimiento.

Y creo también que nunca pude sacarme de encima, por completo, el estigma de esas tardes de domingo alicaídas y tristes. Ya no se usa, como antes, visitar parientes viejos que vivan en la otra punta del mapa y nos esperen con facturas o budines, listos para pellizcarnos las mejillas.

Una opción para sacudirme esa hojarasca de tristeza es ir a la cancha. A la que toque. A la que sea. No digo la de Independiente, porque desde que la fecha de fútbol se juega toda dividida es muy difícil que a tu club le toque jugar seguro el domingo a la tarde. Salvo que seas de Boca o de River, que tienen sus horarios estipulados y con garantía, claro.

Por eso si a mi equipo no le toca el raro privilegio de jugar el domingo a la tarde, ya durante la mañana me preocupo de buscar en el diario, con cierta desesperación, un partido para ir ver a la tarde. Por suerte mi hijo varón me ha salido futbolero, de modo que si le digo de ir a La Plata, Tigre, La Paternal o Sarandí a ver el partido que sea me dirá que sí y allí nos iremos.

En el camino tendremos, de fondo, la previa por la radio. Una previa escuálida, raquítica, demacrada, escalonada en los poquitos partidos que tocarán esa tarde. E iremos hablando de fútbol. O digamos más bien, discutiendo, porque mi hijo está en plena adolescencia y eso lo conduce a estar cada vez más convencido de que lo que su padre piensa —en materia de fútbol, o de política, o de filosofía, o de origami, o de mujeres, o de normas de convivencia, o de técnicas constructivas, o de recetas para preparar un té— es una redomada estupidez y está seguramente equivocado.

Y yo, mientras manejo, y disfruto de esas acaloradas discusiones, me pregunto qué domingos a la tarde serán mejores, si estos o aquellos, si los suyos o los míos. Lástima que, como en tantas otras cosas, no tengo la respuesta.

## Mala racha

A todos los futboleros nos ha pasado alguna vez sentir que se nos incendia el rancho. Es verdad que a algunos les toca con más frecuencia que a otros, pero todos hemos padecido alguna vez una "racha". Hablo de las malas, claro. Porque las buenas rachas, el futbolero casi ni las registra mientras se producen. Se limita a ser feliz, a pensar que el universo marcha como debe, a suponer que el futuro es dulce y a felicitarse por haber elegido el cuadro que eligió.

Cuando hablo de rachas hablo de las otras. Esas que los estadísticos llenan de números. Siete partidos perdidos al hilo, nueve encuentros sin ganar, setecientos minutos sin meter un gol… Esas rachas. Y la sensación de que el mundo está por derrumbarse. Sabemos que no es cierto. Y que hay un montón de cosas en el mundo que siguen adelante. Pero no nos importa.

Nos pasamos la noche en blanco, con los ojos fijos en el cielo raso, calculando cuántos puntos necesitamos para evitar la promoción o el descenso, cuántos millones requerimos para evitar la quiebra, cuántos refuerzos nos hacen falta para convertir a esa manga de matungos en un equipo como Dios manda.

Nos cambia el gesto, se nos avinagra el carácter, se nos agota rápido la paciencia. Y si alguien nos pregunta qué nos pasa, preferimos aducir que nos preocupa la paz mundial o el agujero de ozono. Porque si decimos la verdad corremos el riesgo de que nos digan: "Ah, era eso… pensé que era algo importante". Y tenemos que borrar a esa persona de nuestra nómina de gente querida.

Aunque parezca mentira, en medio de esas rachas, los hinchas seguimos yendo a la cancha. Puede ser que ralee un poco el número, a causa de esos oportunistas del éxito que nunca faltan. Pero la mayoría sigue yendo.

Ojo que, antes del comienzo del partido, si uno escruta las caras de los hinchas, sus conversaciones, es muy difícil adivinar que el equipo viene en picada rumbo al desastre. El hincha, contra todo indicio razonable, llega a la cancha cargado de energía. Luce un inusitado optimismo, como si las derrotas sucesivas que arrastra el equipo fueran únicamente esas pesadillas que nos dejan un mal sabor a la mañana, pero que se disipan con la luz del sol. Para colmo, al llegar a la tribuna se encuentra con otro montón de hinchas que van con el mismo talante, y se confirma en la noción de que sí, de que esta vez la cosa camina.

Los cantitos previos a la aparición de los jugadores se adaptan al momento de crisis. A nadie se le ocurre cantar: "Esta campaña volveremo' a estar contigo". Eso se reserva para las primeras fechas, cuando uno abriga la fantasía de que puede pelear el campeonato. Después de cierto tiempo, después de la severa acumulación de las derrotas, ni al más ingenuo de los ingenuos se le da por entonar ese cantito. Es lícito cambiar la letra hacia frases como "pase lo que pase", o "en las buenas y en las malas". Cuando los futbolistas saltan al campo de juego, el hincha atraviesa el punto máximo de optimismo. Así vestidos, con la camiseta que uno ama, refulgentes bajo el sol o brillantes en la noche, esos muchachos tienen pinta de que nada puede derrotarlos.

Como confirmando esa impresión, encima, durante los primeros tres, cuatro minutos, el equipo —pongamos que juega de local— sale a comerse crudos a los rivales. El conjunto presiona, los delanteros la piden, los mediocampistas meten, los defensores ordenan. Hasta puede ocurrir que en el minutos dos, o en el tres, haya un chumbazo al arco, una volada del arquero de ellos, un córner. La gente acompaña, por supuesto. Crecen los gritos. La popular salta —como siempre—, la platea salta —como casi nunca—. La gente mira el partido de pie, chifla al árbitro, insulta con buena memoria a algún rival con el que tiene cuentas pendientes de anteriores enfrentamientos.

El problema es después. El minuto cinco, siete, nueve a lo sumo. A esa altura, los visitantes se han acomodado. El arquero de ellos se ha tomado su tiempo para sacar alto, indiferente a los chiflidos. Le pega un terrible puntapié, la pelota cae, dividida, en tres cuartos de cancha… y ahí empiezan los problemas para nuestro equipo. Porque los rivales están asentados, porque ajustaron las marcas sobre los únicos dos o tres tipos capaces de devolver una pelota redonda a sus compañeros, porque los nuestros se sofocaron a puro nerviosismo y no consiguen retomar el aliento. Y sobre todo, porque tus jugadores no tienen ni idea de cómo llegar al arco contrario. Por algo estamos como estamos, en una seguidilla funesta de derrotas.

En la tribuna empiezan los murmullos. Y poco a poco, cada uno de tus jugadores va tomando su lugar en la obra maestra del terror. Los buenos jugadores juegan mal. Los jugadores pasables juegan horrible. Y los que de por sí son malos, los que tienen tendencia a ser poco más que perros (con el mayor de los respetos por el noble animal), en el contexto de la crisis cometen chambonadas inenarrables, estupideces inverosímiles que ni siquiera hemos debido tolerar en un solteros contra casados.

A partir de acá la hinchada deja de comportarse como un bloque monolítico, y cada cual reacciona según su talante. Está el que adopta una actitud de resistencia optimista: aunque sus jugadores no encuentren la pelota los aplaude, y aunque no tengan ni noción de cómo jugar al fútbol los alienta. Es ese tipo de espectador que aplaude un lateral a favor, que aprueba un pase desde el mediocampo al arquero, que alza los brazos alborozado si su equipo consigue un córner.

Otro adopta una postura de resignación nihilista. Se deja caer en el escalón o la butaca, indiferente a si los demás le tapan o no la visual. Se sostiene la cabeza con las manos y espía de tanto en tanto para comprobar que sí, que efectivamente el equipo es una banda miserable, un rejunte de mugrosos.

Otro, en cambio, se yergue en puntas de pie y, como si los jugadores lo escuchasen, empieza a darles precisas directivas sobre lo que tienen que hacer con cada pelota de que disponen. Se enoja cada vez que lo desobedecen pero continúa impertérrito, obsesivo, con sus indicaciones.

Otro, por qué no, se siente a gusto en una actitud de crítica certera. Deja al margen a uno o dos elegidos, a los que considera intocables, y al resto del equipo comienza a insultarlo lenta, concienzuda, pormenorizadamente.

Cuando termine cero a cero el primer tiempo todos los hinchas enfrentan un enorme dilema. ¿Qué hacer? ¿Insultarlos como se merecen? Mejor no: eso puede bajonearlos más todavía. ¿Aplaudirlos tibiamente? Puede ser, aunque eso puede convencer a los jugadores de que ese empate miserable que están obteniendo vale la pena, es todo un premio, vamos todavía.

En ese mar de dudas, los jugadores habrán de retirarse entre algunos silbidos aislados, algunos aplausos náufragos, unos cuantos gritos de aliento y otros de reclamo.

Pero nada de relajarse, claro. Que todavía falta lo peor. El segundo tiempo, probablemente, ni siquiera nos regale esa andanada inicial de buenas intenciones. Y eso sí, tarde o temprano, a los diez o a los treinta, los visitantes van a embocarnos. Y qué fea sensación es esa de escuchar el grito de gol ajeno. Proferido desde allá lejos, nos entra por los oídos pero también por la garganta. Nos baja hasta el estómago mientras cerramos los ojos o nos tiramos del cabello o escupimos al suelo o negamos incrédulos. Ver el festejo de los rivales es atroz. Pero ver las caras, los gestos de tus jugadores, es peor todavía. Porque ni ganas de sacar del medio, tienen. Si les dieran a elegir, se irían al vestuario con tal de no pasar vergüenza.

Y todo vuelve a empezar, pero peor. Porque los palurdos estos, si antes no tenían ni noción de cómo llegar al arco contrario, ahora no tienen idea de para dónde queda el mundo. Y las urgencias de la hinchada bajan de repente como una tormenta postergada. Ahí sí, todos, encabezados por el crítico insultador, pero rápidamente secundado por el optimista (convertido en "no puedo haber sido tan ingenuo"), acompañados por el instructor obsesivo (que ahora les aconseja no tanto sobre a quién entregar la pelota sino sobre lugares a donde se pueden ir para quedarse), y seguidos de mala gana por el filósofo contemplativo (que se pone de pie porque, ya que estamos, nos sacamos el entumecimiento de tanta quietud), se dedican a insultar a los jugadores, sus madres y su posteridad.

Este ataque furibundo acepta algunas variantes: puede ser que la hinchada se la agarre con el director técnico o con los dirigentes. En el primer caso, el entrenador tiene la opción de quedarse bien guardado en el banco de suplentes (y entonces los hinchas lo tildarán de cobarde) o de mantenerse de pie, erguido, cerca del lateral y a la vista de todos (y entonces los hinchas lo acusarán de provocador y prepotente). Si la bronca va hacia los dirigentes, puede ocurrir que se produzca algún tumulto en la zona del palco oficial (aunque si son varias las derrotas consecutivas, es más que probable que los dirigentes prefieran, en lugar de presentarse en el estadio, seguir las alternativas del partido por televisión, por radio, por télex o mediante palomas mensajeras que vayan a entregarles el resultado).

Los insultos y los cantitos agresivos sólo se suspenderán, por un momento, si el equipo tiene una situación de riesgo a favor. Pero si precisamente se nos está quemando el rancho es porque la última situación de riesgo la tuvimos en la época del virrey Sobremonte, de manera que la retahíla de insultos y cantitos será casi ininterrumpida hasta el final.

Durante los últimos minutos, mientras tus jugadores lateralizan la pelota a la altura del mediocampo (pero no para hacer tiempo, sino porque no tienen ni noción de cómo acercarse al arco contrario), atronará el hit de los últimos años. Ese cantito que tiene la particular ventaja de permitirle a la hinchada local insultar a sus futbolistas y al equipo contrario al mismo tiempo. ¿Será por esa economía de recursos que se ha popularizado tanto? El lector sabrá dispensarme, por motivos de elegancia, de copiarlo textual, pero me refiero a ese que empieza con "Jugadores…", sigue aludiendo a la anatomía de sus progenitoras, continúa recomendando una actitud viril de la que al parecer el plantel carece, y termina con un "…que no juegan con nadie", para dar a entender que esos rivales que están a punto de derrotarlos son, redondamente, una manga de muertos de frío.

Poesías aparte, el silbatazo del árbitro al final apenas se escucha, porque la rechifla que baja de las tribunas es tan arrolladora que tapa todo. O casi todo, porque los visitantes tendrán la precaución de esperar a que se nos acabe el aire para, entonces, sí, burlarse de nosotros y de nuestra suerte maldita. Y si lo narrado hasta aquí es una verdadera pesadilla, vale preguntarse: ¿podría ser peor? Sí. Siempre puede ser peor. Y ver jugar a nuestro equipo nos muestra que sí, que siempre se puede estar peor. Basta con esperar a la semana que viene.

Alguna vez, eso sí, las cosas cambian. Y eso es lo que no entienden los que no son hinchas de fútbol, o los oportunistas que se creen que el fútbol es un lecho de rosas. Ellos volverían a la cancha después del final de la mala racha. Después de un par de victorias, como mínimo.

Pero los futboleros no. Los futboleros necesitamos estar ahí cuando todo anda mal, para asegurarnos de estar ahí cuando cambie. Y no importa si antes del cambio nos falta comernos otras seis derrotas, agregar doce partidos sin ganar, o catorce horas sin meterle un gol a nadie. Ahí estaremos.

Y cuando la racha termine… Santo Dios. Habremos nacido de nuevo.

## Cabezas en la playa

No quiero pecar de nostálgico, pero cuando camino por las playas argentinas en plena temporada veraniega, me asalta cierta añoranza de no ver, casi nunca, a los veraneantes jugando un "cabeza". Picados, por fortuna, sigue habiendo. Pululan los cultores de la paleta. Del tejo ni hablar: cada veinte metros te topás con una cancha, desde las más sencillas marcadas con el pie en la arena, hasta las sofisticadísimas que cuentan con tejos de colores y flejes construidos con soga y con estacas. En los últimos años, supongo que al calor del estímulo televisivo, también se ha popularizado el fútbol tenis, que tiene altos requerimientos escenográficos: no cualquiera tiene una red con estacas altas para andar clavando por ahí. Pero que las hay, las hay.

No tengo nada contra todas esas prácticas deportivas. Pero de todas maneras, en algún rincón del alma me duele la casi absoluta extinción del "cabeza playero". Los veteranos me perdonarán que me explaye unos párrafos en la sucinta descripción de este deporte, para que los lectores jóvenes de *El Gráfico* entiendan a qué me refiero.

Dos arcos construidos con ojotas, de dimensiones respetables, separados apenas por unos cuantos metros. Dos alternativas de balón: pelota número 5 o pelota Pulpo, bicolor, de goma, a rayas. Número de jugadores: uno contra uno o dos contra dos (nada de multitudes). Acción básica: desde el arco propio, arrojar la pelota hacia arriba y cabecearla con la intención de convertir el gol en el arco del adversario. Acciones secundarias: escapadita, el jugador contrario detiene nuestro cabezazo pero no contiene la pelota. Eso nos habilita a jugarla con los pies y hacer el gol pateando, a partir de que tomamos el rebote. Pechito: si en lugar de detener el cabezazo del rival con las manos, somos capaces de pararlo de pecho, eso nos habilita a salir jugando con los pies y hacer el gol sin necesidad de cabecear. Cabeza con cabeza: si somos capaces de interceptar el cabezazo del rival con nuestro propio cabezazo, y ese cabezazo se convierte en gol, no solo es válido sino que "vale doble".

Es probable que otros veteranos sepan reglas distintas. Como todo juego popular, acepta localismos y modalidades. Pero el "cabeza" era más o menos como lo describo.

Y digo "era" porque es rarísimo, hoy en día, cruzarse con uno en los veraneos. En mi niñez de los años setenta, o en mi adolescencia de los ochenta, en cambio, eran frecuentísimos.

A mí me enseñó a jugar mi hermano mayor, como todo lo que tenía que ver con el fútbol. Sergio me lleva diez años, y durante buena parte de nuestras vidas eso dificultó que crecieran entre nosotros las complicidades y las confianzas. Por suerte, siempre tuvimos, para compensar, el fútbol.

En mi niñez mi hermano, su barra de amigos, sus juegos, ejercían sobre mí una atracción casi hipnótica. No me dejaba participar, pero a mí, casi siempre, me alcanzaba con ser testigo. Hasta que yo mismo cumplí los diez y pude tener mi propia barra, me dediqué a contemplarlos, desde lejos, mientras bicicleteaban por las calles de Castelar, jugaban al fútbol en el pavimento, despanzurraban timbres, desobedecían madres o husmeaban baldíos.

Mi hermano no era, en ese entonces, demasiado paciente con el benjamín de la familia. A veces, pese a todo, mis viejos lo obligaban a jugar un poco conmigo. Sergio aceptaba con una sonrisa pícara y me invitaba a jugar al fútbol, uno contra uno, en el patio de casa. "A doce", decía él, dando a entender que el partido terminaba cuando alguno llegara a esa cantidad de goles. Y empezábamos. Siempre, indefectiblemente, era yo el que se ponía en ventaja. Uno a cero. Dos a cero. Seis a cero. Nueve a cero. Mi entusiasmo crecía hasta la maravilla. Iba a lograrlo. Yo, Eduardo, con cinco años, iba a derrotar al grandulón de mi hermano. Y sin embargo, cuando el tanteador se clavaba en un diez a cero a mi favor, empezaba su remontada. Diez a uno, diez a dos, diez a tres. Despavorido, yo dejaba de sonreír y empezaba a desesperarme. Diez a seis, diez a ocho, diez a diez. Furioso, ciego, buscaba a tientas el camino a esos dos goles que me condujeran a la gloria. Pero jamás lo conseguía. Sergio ponía el once a diez y el corazón empezaba a congelárseme. Doce a diez, y mientras él festejaba por el patio, a mí se me saltaban las lágrimas.

En los veranos en Villa Gesell, el patio cambiaba por la playa y el partido de arco chico cambiaba por el cabeza. Pero nuestros enfrentamientos seguían el mismo derrotero. Para colmo, jugábamos con una Pulpo chiquita, que rebotaba como el demonio para cualquier lado, y mi hermano imponía que jugásemos siempre en la arena seca. Sergio me cabeceaba de pique al piso, cerca de la línea de mi arco. Aunque volase de palo a palo para atajar esos misiles, el pique sobre las montañitas de arena me cambiaba el pique y terminaba siempre desairado.

Claro que, a pura fuerza de derrotas, yo también iba aprendiendo. A fuerza de derrotas y de años, claro. Cumplí los doce, los trece, los catorce. Pero no podía hacer nada contra sus veintidós, sus veintitrés, sus veinticuatro. Ya no se arriesgaba a dejarme diez goles de ventaja para convertirme de un saque la docena. Pero de todas maneras la estadística seguía siendo redonda. Cientos de cabezas jugados, cientos de cabezas perdidos. Todavía hoy recuerdo la sensación de rabia silenciosa, después del último gol en contra. Ponerme de pie, desclavar las ojotas de los arcos, dejarlas cerca de la sombrilla, y caminar hasta el agua para enjuagarme la arena. Entre el sudor y las voladas, terminábamos los dos hechos milanesa. Y la mirada alta, clavada en el horizonte. Nada de lágrimas. Ningún vistazo hacia mi hermano, por el rabillo del ojo. Nada de sorprender una sonrisita, una burla, o de lo contrario el salto salvaje y el grito rabioso y la pelea (naturalmente perdida de antemano).

Mejor la dignidad, el chapuzón, y en todo caso el comentario elogioso y contenido. "Jugaste bien." "Vos también." "Estás mejorando." "Parece que sí." Eso era todo. Y hasta la próxima vez, es decir, hasta el día siguiente. Me pasé unos cuantos veranos de la década del ochenta pensando que sí, que de una vez por todas, me tocaría ganar un cabeza. Pasó el año de Malvinas, el verano de la restauración democrática, el del plebiscito por el Beagle, el del Plan Austral, y yo seguía perdiendo. Cada vez por menos goles, cada vez con menos baile, pero seguía perdiendo. Alguna vez llegué a poner la cosa diez a diez u once a once. Y por las buenas, sin que mi hermano se dejase hacer ni uno. Pero al final Sergio sacaba una reserva de fútbol, de aire o de temperamento y se llevaba la victoria. Y de nuevo a desclavar las ojotas, a dejarlas junto a la sombrilla, a sumergirme en el mar para sacarme la arena y enfriarme la bronca.

En enero de 1987 yo acababa de cumplir diecinueve años. Mi hermano ya se había casado, y, por su trabajo, solo viajó a Gesell los dos fines de semana de la quincena. El primer domingo, al atardecer, jugamos un cabeza. Porque yo había terminado de crecer, porque por primera vez nuestras capacidades se habían emparejado, o simplemente porque alguna vez tenía que suceder, me puse arriba en el marcador a lo largo de todo el cabeza. Cuatro a tres, siete a seis, ocho a siete. Los dos volábamos de palo a palo. Los dos cabeceábamos de pique al piso, los dos éramos capaces de poner los dientes con tal de tapar el arco propio. Conseguí poner el partido once a nueve a mi favor. El corazón me saltaba en el pecho. Pero mi hermano conectó un frentazo precioso, de los que solía sacar, y lo puso once a diez.

"No se ve nada", dijo después. Era cierto. Ya se había hecho de noche. "Lo seguimos el sábado que viene". Y yo no tuve nada que objetar. Era verdad que no podíamos seguir en la penumbra. Pero también era verdad que me iba a pasar la semana anticipando ese desenlace. ¿Y si mi hermano volvía renovado? ¿Y si una semana después cambiaba el clima y su arco tenía el viento a favor? ¿Y si yo me lastimaba jugando en la semana con mis amigos y mi lesión le daba ventaja? Demasiadas dudas y ninguna respuesta.

Y tuve que esperar. Años después, cuando leí el genial cuento "El penal más largo del mundo", de Osvaldo Soriano, me sentí absolutamente identificado con el Gato Díaz, ese arquero que se pasa una semana esperando que le pateen un penal que significa un campeonato.

No sé si los pibes de hoy se lo tomarían tan en serio. Yo recuerdo, durante esa semana en Villa Gesell, haber jugado al fútbol, haber salido con mis amigos, haber caminado con mi novia por la playa. Pero todo lo hice como en cámara lenta, como a caballo entre dos realidades paralelas. Una parte de mí estaba con mi cuerpo. Pero la otra estaba en el limbo. Y en ese limbo, en el primer cabezazo que tuviera que meter yo, con mi hermano al otro lado, con el partido once a diez a favor mío, con un solo gol separándome de la hazaña.

El sábado siguiente volvió mi hermano. Y el día transcurrió como debía. Mar, naipes, almuerzo enarenado con toda la familia amuchada bajo la sombrilla. Al caer la tarde mi hermano manoteó la Pulpo y dijo: "Vamos". En eso siempre fue de ley. Nunca le pregunté cómo vivió él esa semana. No creo que haya sido mucho más plácida que la mía. Es verdad que, con esa definición, yo buscaba lavar doce o trece años de derrotas. Pero supongo que igual de angustiante debe ser la posibilidad de perder un invicto de más de una década.

Clavamos las ojotas. Arcos grandes, como deben ser los de un cabeza. Unos cuantos metros de separación entre ambos. La cancha armada en paralelo a la línea de la orilla. Mi arco con el declinante sol de frente, mirando hacia Mar del Plata. El de Sergio hacia Pinamar. Me dije que, si era capaz de embocarlo de entrada, ahí terminaba todo. Solté la pelota sobre mi cabeza como había aprendido de Sergio. Nada de remontarla tres metros para arriba, para darle impulso. Nada de eso. En el cabeza, el impulso se lo imprime uno, con el movimiento del cuello y el giro del cráneo.

Impacto con el parietal izquierdo, de sobrepique. Mi hermano que vuela hacia su palo de ojota. No grito antes de que traspase la línea porque cualquier futbolero sabe que eso trae mala suerte. Hago bien en callarme, porque el manotazo de mi hermano evita el gol, la gloria, la hazaña. Se pone de pie. Tranquilamente, como tantas veces a lo largo de tantos años, su cabezazo se puede transformar en el once a once, y después mi derrumbe y sus dos goles de ventaja para liquidar el pleito. Mi hermano cabecea como yo, aunque en realidad sea yo el que cabecea como él. Queriendo o sin querer me ha enseñado. No sólo a cabecear, sino a perder. No solo a tirarme con los dientes para atajar un balón esquinado, sino a tragarme las lágrimas y pedir la revancha otra vez.

El cabezazo de Sergio, ese atardecer de enero de 1987, sin embargo, no sale según sus planes. No viene bajo y esquinado, para el pique artero en las montañitas de arena. Sale alto y casi al medio del arco. Todos nos equivocamos. Pero hay momentos y momentos para equivocarnos. Yo espero la pelota a pie firme. Arqueo la espalda para que la bola me rebote en el pecho pero no se vaya larga hacia los pies de Sergio.

Bajo el mentón para verla. Efectivamente, me pega en el pecho casi lampiño que luzco entonces. La Pulpo sube y se abre, un poquito a mi derecha.

Recién después empieza a bajar. No pienso en lo que tengo que hacer. Lo sé. De tanto perder, lo he aprendido. Inclino el cuerpo hacia atrás, como si quisiera derrumbarme de costado en la arena. Retrocedo la pierna derecha. Y cuando la bola baja hasta la altura de un metro, le pego una quema furibunda con el empeine pleno. Mientras caigo sobre la arena, veo la pelota como una bala de cañón rumbo al otro arco. Veo el movimiento instintivo de mi hermano, que además de buen jugador es buen arquero, veo cómo la pelota le roza el pulgar derecho, veo cómo no consigue detenerla, veo cómo la Pulpo recién se detiene cincuenta, setenta metros más allá.

"Flor de chumbazo", dice mi hermano, sin alzar la voz, y se levanta y se sacude la arena. "Cierto", digo yo, mientras me incorporo y desclavo las ojotas de mi arco. "¿Jugás la revancha?", pregunta mi hermano. "Hoy no. Mañana", digo. Porque hace años que vengo esperando esto, y necesito tiempo para absorberlo. Dejo las ojotas cerca de la sombrilla. Camino hasta el mar y me sumerjo, mientras me meto adentro mío para saber qué se siente ganar un cabeza de una buena vez por todas.

Creo que fue Albert Camus el que dijo que las cosas más importantes de la vida se las enseñó el fútbol. Creo que estoy de acuerdo. Los que me conocen dicen que soy un tipo paciente. Es probable que sea cierto. Al fin y al cabo, ¿existe algo que te enseñe más, sobre la paciencia, que trece años consecutivos de derrotas?

## La vida que soñamos

El tipo se me sienta enfrente, en pleno bar y en pleno mediodía. Y yo, como no estoy demasiado acostumbrado a que alguien me reconozca como escritor, no tengo los reflejos demasiado avispados para pedirle que no lo haga.

"Hola —me saluda como si nos conociéramos de toda la vida—. Vos sos Sacheri, ¿no?" Antes de que pueda decir que sí, ni que no, ya ha desplazado la silla al otro lado de la mesa y se ha acomodado. Se acoda sobre la mesa, con familiaridad y habla de nuevo: "¿Escribiendo algo?", pregunta. Yo debería responderle que sí, que sí, que estaba escribiendo. Y que por eso, sobre la mesa, además del pocillo vacío, están el cuaderno de hojas rayadas y la lapicera a cartucho de tinta azul lavable. "Perdoná la interrupción…", sigue el fulano, que evidentemente considera que sí, que tal vez me ha interrumpido, pero que bien vale la pena, o que me lo tenía merecido, "…pero es algo importante".

¿Y si lo que yo estaba haciendo también era importante? ¿Y si estaba justo a medio concretar una idea que llevaba semanas resistiéndose a tomar forma? ¿Y si el tipo este ha venido a interrumpirme en pleno alumbramiento de una novela o un cuento que estaba destinada a modificar para siempre la literatura argentina, latinoamericana y universal? Un mínimo de honestidad me impide indignarme. Nunca he estado ni cerca de revolucionar la literatura de Castelar o Ituzaingó, así que mucho menos estoy en condiciones de hacerlo con la de la patria, el continente o el mundo entero. De modo que le esbozo una mínima sonrisa y asiento, como para invitarlo a que me diga lo que tenía que decirme.

"Tengo algo para contarte...", se interrumpe para mirar por sobre el hombro, como si lo siguieran. Después se encara otra vez conmigo. Yo lo dejo hacer. El mozo, que es amigo, me dirige una mirada de complicidad, como para darme a entender que, si necesito ayuda para echarlo, no dude en convocarlo en mi auxilio. Niego con la cabeza. El forastero se ha girado otra vez, y mira hacia el fondo del local, como si desde allí pudiese llegarle una amenaza o una promesa. De nuevo se da vuelta hacia mí: "Vos debés pensar que soy un loco, ¿no?" Evalúo la conveniencia de responderle la verdad: que todavía no consigo discernir si efectivamente está loco o es simplemente tarado. "Pero venía pasando por acá, miré para adentro y te reconocí, y dije, a Sacheri le tengo que contar esta historia para que la escriba".

Ahí sí, suspiro y me digo "sonamos". Cada dos por tres alguien que sabe que uno se dedica a escribir se acerca, sonríe, cambia con uno un par de frases, y después le dice eso de que "tengo una historia bárbara para que vos la escribas". Los más entusiastas agregan: "con esta historia te hacés una película". Y los que tienen un ego a prueba de balas agregan: "anotá la historia que te voy a contar, la hacés película y te volvés millonario".

Yo debería avisarle, a esa gente, que en realidad cada escritor es diferente a los otros, como pasa con todas las personas. Y que en mi caso, las historias se me ocurren de repente, por puro divagar de la imaginación, y no porque alguien me cuente su biografía. Debería agregar, porque es cierto, que me gusta escuchar a la gente, porque soy curioso y me interesan las vidas de los otros. Pero jamás de los jamases me pasa que alguien me cuente algo que le sucedió y yo, a la primera de cambio, escriba con eso un cuento o una novela. Funciona casi al revés: basta que alguien me anuncie eso de que "tengo una historia para que escribas" para que yo concluya, de inmediato, en que ni por casualidad voy a escribirla ni entonces ni después. Y no porque la historia que van a contarme sea necesariamente mala. Puede ser muy buena. Pero no es mía. Si alguien me la cuenta cerrada, armada, lista, completa, esa historia no me pertenece.

Claro: esta explicación de por qué no me sirve que me cuenten anécdotas ajenas para escribir mis historias acaba de llevarme más o menos ciento setenta palabras. Y lo usual es que el que te encara en plena calle, o en una charla, o como en este caso en un café, no está dispuesto a escuchar un discurso tan largo. En general no tienen ganas de escucharte ni diez palabras seguidas. Lo único que quiere escuchar, el contador compulsivo, es que uno le responda: "Gracias por su generosidad. Cuénteme y yo anoto. En la semana lo paso en limpio y listo". O ni siquiera. Porque hasta esa casi veintena de palabras le resulta un incordio, una postergación, una demora inentendible.

Por eso la experiencia me indica que lo mejor es poner cara de interés, casi de sumisión, una expresión que a nuestro interlocutor le dé la idea de que somos todo oídos para escuchar, todo memoria para retener, todo manos para anotar y punto.

De manera que ahí estamos, en un café de Ituzaingó, el contador inminente y yo. Muevo la cabeza afirmativamente, hago una mueca ligera, como dando a entender que le meta para adelante, nomás, que yo lo escucho. El visitante, por tercera vez en cuatro minutos, gira la cabeza hacia los lados para ver a sus espaldas. Le pregunto si lo siguen. Niega enérgicamente, sin advertir mi ironía.

"Resulta que yo soy clase 1964", empieza, y vuelve a mirar a sus espaldas, pero apenas un segundo. "Soy clase 1964 y me crié acá en Ituzaingó". Yo respondo algo así como "Ajá", y espero que siga contando. "Resulta que yo estaba en sexta en el CAI. De cinco, jugaba." Aclaro a los lectores que el CAI se refiere al Club Atlético Ituzaingó. "Pero un cuñado de mi viejo me consiguió una prueba en River." Hace una pausa. Yo vuelvo a asentir. Lo miro a los ojos y me sostiene la mirada. No puedo negar que me despierta curiosidad lo que tiene para decirme. Aunque no tengo la menor idea de hacia dónde se va a disparar su historia. O en una de esas sí tengo idea. Ese hombre es un par de años más grande que yo, tiene el pelo mal peinado, usa un jean calzado por debajo de la panza y una chomba marrón con el cuello gastado. Su cara es absolutamente anónima. Es decir, que ya conozco el final de la historia. La prueba en River terminó mal. De lo contrario, esa cara me resultaría familiar. Se me ocurre algo que parece un obstáculo en su historia y le pregunto: "Pero si vos jugabas en Ituzaingó se supone que no tenías el pase para jugar en River. ¿O me equivoco?". Mi objeción, en lugar de molestarlo, lo entusiasma. Se ve que le gusta que siga su relato con atención. "Claro, Sacheri. Es así.

Pero este cuñado me lo podía arreglar en los dos lados, acá y en River. Si yo daba bien la prueba, quedaba." Vuelvo a asentir. Puede ser. Suena verosímil. "¿Y entonces?", lo invito a continuar.

"Éramos como trescientos, ese día, que probaban. Miraban así por arribita. El entrenador de la sexta era… El entrenador era…" El tipo chista. Se pone nervioso. Teme que ese olvido le quite credibilidad o potencia a lo que tiene que contar. Me apena verlo así. Le digo que no se preocupe, que esos datos se completan después. No parece muy convencido pero está tan empantanado que acepta la sugerencia. "La cosa es que miraban así nomás pero al final me dijeron que volviese a la semana siguiente. Y yo volví."

Hace una pausa porque le traen un café que pidió por señas. Le echa tres sobres de azúcar. Revuelve con ademán nervioso, y parte del café se vuelca por encima del borde del pocillo. Se lo toma de un sorbo.

"La segunda vez me mezclaron con los pibes de la sexta de River. ¿Me seguís? Yo me sentía Gardel. De cinco, ahí mezclado con ellos. Estaba Gorosito, estaba. Estaba De Vicente. Estaba Dalla Líbera, el Loco."

Yo vuelvo a asentir. Le pregunto si esos pibes no fueron los que debutaron en Primera en el 83, durante la huelga de profesionales. Abre mucho los ojos y dice que sí, que sí, que son ellos.

Yo me los acuerdo porque en ese Metropolitano esos pibes se comieron unas cuantas goleadas pero jugaban bien. Y contra Independiente, que venía peleando el campeonato cabeza a cabeza con Ferro y con San Lorenzo, jugaron un miércoles a la noche y le empataron 0 a 0. Recuerdo que yo escuché ese partido por radio y tenía una calentura que bramaba. ¿Y si ese tipo sentado frente a mí ha sido uno de esos pibes? Se lo pregunto. Se me queda mirando un segundo y hace una mueca de disgusto: "Esperá, Sacheri, que a eso voy". En ese momento no sé si el disgusto es por mi interrupción o por el desenlace de las cosas. Me mantengo callado.

"¿Sabés lo que jugué ese día, Sacheri? ¿Sabés lo que jugué? Así de chiquita, la hice. A De Vicente no se la dejé tocar en todo el partido. A Pipo, ja, a Gorosito lo tuve loco. Loco lo tuve. Metí un tiro en el travesaño. ¿Qué número cinco conocés que, en la primera práctica con River, meta un tiro en el travesaño?"

Digo que no conozco ninguno, lo que es cierto, pero más que nada lo digo para hacerlo sentir bien, porque es lo que espera que responda. Le pregunto su nombre. Me lo dice. Su nombre, tal como venía suponiendo, no me suena para nada. Volvemos a mirarnos. El gesto se le ha vuelto amargo. Claro, pienso, está llegando al final.

"Cuando terminó el partido el técnico me dijo que jugaba bárbaro, que quedaba en River." Amaga con buscar los cigarrillos en el bolsillo de la chomba. Le señalo el cartel de prohibido fumar y asiente sin ganas. Los deja donde estaban.

"¿Y al final qué pasó?", quiero saber. "¡Eh… lo que pasa siempre!", arranca, indignado. "El cuñado este se demoró con los papeles. Hubo un lío en el club con uno de la comisión. Y después vino lo de Malvinas." Vuelvo a mirarlo. Se encoge de hombros. "Me convocaron y tuve que ir, te imaginás."

Yo me acomodo en la silla. "Claro", comento, y después me callo la boca, mientras saco cuentas. "Pero si vos me hubieras visto, Sacheri. Esa pelota. Pummm, en el travesaño... casi se lo rompo. El nombre del arquero no me lo acuerdo, pero casi se lo rompo..."

Por el silencio que hace al final, veo que ahí termina la historia. Vuelve a mirarme. "Seguro que vos de acá sacás un cuento". De nuevo la seguridad, la confianza, la certeza de que me ha obsequiado una historia buenísima. Mientras le digo que vaya tranquilo, que yo le invito el café, le digo que no sé, que tendré que pensarlo, que en una de esas. No parecen molestarlo mis evasivas. Como si haber desembuchado su historia fuera suficiente. Mientras se pone de pie arrastrando la silla hacia atrás me tiende la mano y se la estrecho. Me pregunto cuánto será verdad y cuánto será mentira de eso de la prueba de jugadores, de Gorosito y compañía, del tiro en el travesaño. Lo de Malvinas ya sé que es verso. A las islas fueron pibes de la clase 62 y de la 63. No de la 64. ¿Me lo habrá dicho para enternecerme, o estará convencido de que así fueron las cosas?

A veces pasa. Que uno, de tanto contar una historia embellecida con mentiras, termina por convencerse de que esas mentiras son verdades. O más aún: cuando uno está convencido de que la vida fue injusta con uno, de que la vida lo castigó con una existencia menos deslumbrante, menos exitosa, menos brillante de lo que uno imaginó, las mentiras son casi un acto de justicia, un parche para enderezar un destino que no merecimos.

El tipo sale del café y me saluda a través de la vidriera. En una de esas debería haberle avisado eso de Malvinas. Para que la próxima vez que cuente su historia evite esa trampa tan fácil de desactivar. Pero cuando salgo a la vereda, a los cinco minutos, ya no está por ningún lado.

Ojalá lea esta nota de *El Gráfico*. O que alguien que le haya escuchado la historia, la lea y lo avive del asunto. Eso sí: espero que nadie le recrimine la mentira en la cara. Ya que la suerte nos impide vivir la vida que quisimos, que por lo menos la fantasía nos permita contar la vida que soñamos.

# 22 de junio de 1986

Para junio de 1986 yo llevaba un año y un mes de novio con Gabriela, una morocha de ojos enormes y curvas inquietantes que me tenía absolutamente encandilado. Éramos chicos, eran otros tiempos, y su familia me ponía las cosas un tanto difíciles. En sus conversaciones, en sus permisos y sus prohibiciones, yo no conseguía traspasar la categoría de "amiguito". Solo Gabriela —Gaby, como la llamaba todo el mundo— aludía a su "novio". Ni su padre, ni su madre, ni su hermano mayor, utilizaban semejante calificativo para mencionarme. En realidad, supongo que me mencionaban lo menos posible. Y cuando lo hacían, era para unir mi nombre con el de alguna prohibición. No, no podés salir el sábado a la noche con Eduardo. No, no queremos que Eduardo te visite en las vacaciones en Villa Gesell. No, no nos parece bien que vayas a la casa de Eduardo. No, no nos importa que en su casa estén su madre y su hermana. No, no estamos de acuerdo en que te pases media hora hablando por teléfono con tu amiguito Eduardo. Cosas así.

Como mi novia estaba más buena que el flan con dulce de leche me armé de paciencia, y me acostumbré a volverme transparente. Con puntualidad de tren alemán me habitué a despedirla en el zaguán de su casa un minuto antes de las nueve de la noche, con disciplina de monje budista me acostumbré a cortar el teléfono a los diez minutos de conversación, y con ardides de agente secreto me las ingenié para verla a hurtadillas durante sus dichosas vacaciones en Villa Gesell.

Y así fue pasando el tiempo. Hasta que de repente, sin prólogos que me hicieran intuir un cambio semejante, y cuando ya llevábamos un año cumplido en esas lides, fui oficialmente invitado a comer en casa de mi novia, un domingo a mediodía. A comer un asado, más precisamente. Ella me lo contó desbordante de alegría. Nuestro amor, al parecer, había derribado los altos muros de la desconfianza de sus progenitores. "¿Justo el domingo que viene?", pregunté yo. "¡Este domingo!", confirmó mi novia, en el colmo de la dicha. A veces la vida es así: nos pone a prueba, nos otorga algo que hemos deseado, pero en condiciones que convierten en una desgracia lo que debería ser un regalo del Cielo.

Porque el domingo siguiente no era cualquier domingo. Era el domingo más difícil, más importante, más complicado y más desesperante de mi vida. El domingo siguiente era 22 de junio de 1986. Jugaba Argentina. Jugaba un partido del campeonato mundial de México. Jugaba por cuartos de final. Jugaba contra Inglaterra.

"¿Pasa algo malo?", me preguntó mi novia. Abrí grandes los ojos y murmuré que no, aclarando que justo el domingo, a las tres de la tarde, Argentina jugaba contra Inglaterra. Mi novia, en el mejor de los mundos, se alegró con la noticia. "¡Mejor", aseguró, "así vemos todos juntos el partido después del asado!"

¿Cómo explicarle la verdad? Hay cosas que se saben, o que no se saben, pero que no se explican. Hay partidos que se miran con tranquilidad, partidos que se miran con preocupación, partidos que se viven con desesperación, y partidos que se sufren al borde del abismo. Y, por supuesto, ese partido contra Inglaterra pertenecía al último grupo. Y eso es algo que solo los futboleros pueden entender. Durante los mundiales, sobre todo durante ese Mundial de México, los argentinos no futboleros se asomaron al fútbol con interés, con entusiasmo, maravillados por lo que hacían Maradona y la selección de Bilardo. Triunfo ante los coreanos, empate con autoridad frente a la Italia campeona, victoria cómoda ante Bulgaria, victoria sufrida pero merecida frente a Uruguay por octavos... La gente que no es del fútbol supone que después de una victoria lo más probable es que haya otra victoria. Los futboleros, en cambio, sabemos cuánto dolor nos aguarda siempre en el futuro. Y si no es dolor, por lo menos, cuánta incertidumbre. Que los partidos no se ganan por currículum. Que hay seis millones de cosas que pueden salir mal en un partido. Que el fútbol es cualquier cosa menos justo. Que mil veces hemos merecido ganar y no ganamos.

De manera que los futboleros llegábamos a ese partido contra Inglaterra con la sensación inhóspita de que hubiésemos preferido cualquier otro rival para el partido de cuartos. Claro que el incentivo de ganarles y dejarlos afuera era interesantísimo. Pero al mismo tiempo, el terror de que fueran los ingleses los que nos dejaran afuera nos ponía al borde del pánico. Por supuesto que ganar ese partido, o ganar el Mundial, no iba a arreglar el dolor enorme de Malvinas, y todos esos chicos muertos. Pero perder ese partido, perderlo con ellos, volvería todo más cruel, más amargo, más injusto. A mí nunca me ha gustado mezclar la política y la nación con el deporte, pero en ese caso, en ese año, después de todo lo que habíamos sufrido, yo sentía que el domingo 22 era una frontera definitiva.

Y la buena de mi novia me invitaba a ver el partido más importante de mi vida en presencia de su familia en pleno. Yo no sé ustedes, pero yo veo los partidos importantes como si estuviera en la cancha. Grito, salto, comento, puteo, reclamo, gambeteo, sudo, relato, gesticulo, despejo los balones sueltos en el área propia, estiro la pierna para llegar con lo justo a las pelotas indecisas de la mitad de la cancha. En otras palabras: doy un espectáculo bochornoso para cualquiera que no entienda de este juego. Cualquiera que me observe sin entender de qué se trata deberá concluir que soy un loco o un infradotado, o un loco infradotado. De manera que ver ese partido, *el* partido del Mundial, como figurita de estreno en la casa de mi novia me ponía en riesgo de convertir mi debut en despedida. Quedaba una chance a favor: que mi proyecto de suegro y mi proyecto de cuñado fuesen futboleros a muerte, esos tipos que comparten tus códigos y que saben de qué se trata. Si ese era el caso, santa solución. Los tipos iban a estar tan carcomidos por los nervios como yo, y apenas me iban a llevar el apunte. Lástima que no era el caso: el padre y el hermano de mi novia eran tenistas. Tenistas de estos que juegan todas las semanas. Tenistas de club, de zapatillas blancas, de bolsos grandes, tenistas de "nos tomamos una cerveza después del partido". Aclaro que, de mi parte, no tengo ningún problema con los tenistas. El problema era tener que ver el partido más difícil de mi vida como hincha al lado de dos tipos que veían fútbol nada más que en los mundiales.

Traté de explicarle a mi novia que no podía aceptar su invitación. Que iba a dar un espectáculo vergonzoso, que si hasta ahora en su casa me miraban con recelo, de ahora en más lo harían con repugnancia. Ella me miró con ojos acuosos, me habló de la alegría que había sentido con la invitación, de sus esperanzas de que de ahora en adelante podríamos salir los sábados a la noche sin la oposición de sus padres…

La carne es débil. Sobre todo la mía. La sola posibilidad de salir con ella de noche, y sobre todo de pasear en el auto, y sobre todo despedirla en el zaguán de su casa sin la delatora luz diurna arruinando cualquier aproximación que uno intentase, pudo más que mis justificadas prevenciones.

Ese día me tomé el tren en Castelar poco después de las doce. Iba de pie, cerca de una de las puertas, apoyado en uno de los parantes. Era un domingo gris, frío, típico de junio. En el de enfrente viajaba un tipo. En un momento nuestros ojos se cruzaron. No nos conocíamos. Nunca nos habíamos visto. Jamás volvimos a vernos. Pero en ese momento los dos hicimos el mismo gesto con las cejas y los ojos. Gesto de "¡Mama mía, qué partido nos espera!". Después volvimos a mirar el suelo o el paisaje más allá de las ventanillas. Cuando bajé en Ramos Mejía volvimos a mirarnos. Ahora el gesto significó "Ojalá. Ojalá que se nos dé". Y eso fue todo.

Cuando llegué a lo de mi novia puse cara de muchacho bueno, atendí a las presentaciones, elogié los preparativos del asado: lo que se espera de todo novio recién presentado y bien nacido. Cuando nos sentamos a comer tuve un instante de incredulidad.

Esa gente comía el asado como si no fuera a existir un mañana. Con la angustia que yo cargaba, no me entraba una arveja de canto. Pero el resto de los comensales les daba a las achuras, al vacío, a la tira, al vino y a la ensalada como si la vida fuese coser y cantar. "¿No comés, Eduardo? ¿No tenés hambre? ¡Gaby nos dijo que el asado te gustaba mucho!" Yo dije que sí, que no, que sí me gustaba, pero que me sentía ligeramente mareado, enfermo, indispuesto, indigestado, no sé, o todo junto. Y lo dije con sonrisa de estampa, como si también para mí la vida fuese nada más que ese mediodía gris, el postre y la sobremesa. Cada cinco minutos miraba la hora y calculaba: deben haber llegado al estadio Azteca; deben estar reconociendo el campo de juego; deben estar en la charla técnica.

Cuando se hizo la hora pregunté si podía poner la radio para escuchar el relato de Víctor Hugo. Me miraron como si fuese un visitante de Venus. "Mirá que por la tele lo relatan", me explicaron los tenistas, con amplio espíritu pedagógico. ¿Qué responderles? Yo tenía mis razones para pedirlo. Uno: los relatores de radio me parecían mucho mejores que los de la tele. Dos: venía escuchando a Víctor Hugo desde el debut contra los coreanos, y no pensaba cambiar la cábala aunque explotase el mundo. Finalmente accedieron, tal vez por no llevarle la contra al loco recién llegado.

Les ruego, señores lectores, que se tomen un instante para evaluar mi situación. Muchos de ustedes habrán tenido la necesidad, alguna vez, de dar la imagen de un joven educado, centrado, simpático, cortés, amable, conversador y tranquilo. Ahora supongan que les hubiese tocado fingirse así durante el partido en que Argentina se jugaba, contra los ingleses, la chance de pasar a semifinales del Mundial de México. ¿Adquieren ustedes la dimensión de mi martirio?

El primer gol de Diego no lo grité. Ya dije que tenía puesta la radio con el relato de Víctor Hugo, que vio la mano de Dios como casi nadie, y lo dijo de inmediato. Por eso, mientras a mi alrededor todos gritaban y saltaban y festejaban, yo me limité a mirarlo a Maradona deseando que lo enfocaran al línea, o al árbitro, o a los dos, para asegurarme de que sí, de que lo habían cobrado. Cuando me convencí de que sí lo convalidaban, solté un par de gritos, pero no los alaridos desaforados que habría proferido en directo. Fueron un par de gritos civilizados, contenidos, gentiles, mesurados.

Pero lo que vino después se me fue absolutamente de las manos. Cuando cuatro minutos más tarde Maradona recibió de Olarticoechea un pase intrascendente, seis metros detrás del mediocampo, y encaró hacia el mejor gol de la historia, no pude menos que ponerme de pie, como hace uno cuando está en la cancha y siente que algo está por pasar. Sé que me mantuve en silencio los siguientes segundos, mientras Diego avanzaba por izquierda gambeteando ingleses. Sé que dejé de respirar cuando se tomó un instante para quedar de vuelta de zurdo, después del último enganche al dejar pagando a Shilton. Y después no sé más nada.

Mejor dicho, cuando recupero la conciencia, estoy colgado de los barrotes de una ventana, a un metro del suelo, con los pies sobre el alfeizar, gritando como un enajenado, insultando a los ingleses y a la madre que los parió, deshaciéndome la garganta, descoyuntándome la mandíbula, desintegrándome las cuerdas vocales, que es el único modo de gritar un gol como ese.

O me bajó la presión, o me quedé sin aire, o simplemente la vida volvió a ponerse en movimiento. Lo cierto es que terminé por darme cuenta del sitio en el que estaba. Aún sin darme vuelta sabía que, detrás, debían estar mi hipotético suegro, mi hipotética suegra y mi hipotético cuñado, preguntándose qué clase de salvaje pretendía convertirse en el novio oficial de su hija menor. Junté valor, solté los barrotes y me dejé caer al piso. Me levanté dispuesto a que me indicaran en qué dirección estaba la puerta.

Y sin embargo, nadie me estaba mirando. Todos, empezando por los tenistas, seguían con los ojos clavados en el televisor, mientras repetían una vez y otra vez ese gol imposible. Me acerqué al grupo, sacudiéndome el polvo de las rodillas y carraspeando para recuperar aunque fuera un hilo de voz. "Qué golazo, ¿no?", comentaron. Dije que sí. Como quien no quiere la cosa, limpié como pude las marcas de mis zapatos en la ventana. Nadie mencionó —nadie había visto— mis acrobacias ni mis gritos ni mis insultos. Volví a mi sitio y seguí viendo el partido. Eso sí, después del gol de Lineker preferí salir a la vereda, porque sentía que si los ingleses empataban, después del baile que se habían comido, yo iba a romper el televisor contra la pared que estuviese más a mano, y ya no me salvaba nadie.

Me senté en la vereda de Avenida de Mayo y Coronel Díaz, mientras le prometía a Dios ser bueno desde entonces y para siempre, con tal de que Inglaterra no nos empatase ese partido de leyenda. Detuve mis rezos recién cuando escuché los primeros bocinazos.

Yo le debo al Diego muchas cosas. La principal son esos goles a Inglaterra. Primero, por lo que esos goles fueron y seguirán siendo para los argentinos. Y segundo, porque sirvieron para dejarlos pasmados a los tenistas. De lo contrario, en una de esas, la familia de Gaby me repudiaba. Y yo no me casaba con ella, y no tenía los hijos que tengo. Menos mal que, gracias a Maradona, nadie me vio, a los gritos, trepado a la ventana.

## ¡¿Qué cobrás?!

Yo parto de la base de que nadie los obliga. No creo que ningún adulto, cuando ellos son chiquitos, se les plante delante, con el torso amenazadoramente encorvado hacia ellos, el ceño fruncido, el dedo índice en alto, para decirles: "Te obligo a que seas árbitro de fútbol". Para nada. Les tiene que gustar.

Por empezar, les tiene que gustar el fútbol. Y mucho. Ni hablemos de lo que tienen que estudiar, ni de lo que tienen que entrenar, que es bastante. Pensemos en los sacrificios cuando ya empiezan a ejercer como jueces. No es que los llaman de la sede de la calle Viamonte y les preguntan: "¿Qué partido querés dirigir para tu debut? ¿River-Boca o Racing-Independiente?". Nada de eso. Se reciben y tienen que empezar de abajo. Muy de abajo. Divisiones inferiores. Canchas chúcaras de los torneos de Ascenso. Horarios inverosímiles. Clubes perdidos en barriadas esquivas. Partidos en los que el público es escaso pero vengativo. Canchas casi desiertas donde los insultos vienen desde un alambre que queda muy cerca, o desde el borde mismo de la línea de cal. Seguridad que se reduce a un par de policías cansados y entrados en kilos, o en años, o en ambos, que tienen pinta de "conmigo no cuenten".

De manera que esos árbitros que vemos después, refulgentes bajo el cielo de los estadios de primera división, han pagado un derecho de piso importante, supongo. Un derecho de piso que, descuento yo, tiene que ver con el amor al fútbol. Como muchos otros futboleros, habrán soñado con ser jugadores profesionales. Las piernas o la suerte, como a muchos de nosotros, les habrán cerrado ese camino. Pero en lugar de colgar los botines y basta —como algunos—, o de seguir despuntando el vicio entre amigos con casi nada en juego —como otros—, estos se han empeñado en permanecer vinculados a ese mundo del fútbol y sus clubes. Aunque el sitio que han elegido (o que les ha sido reservado, o permitido) sea un lugar tan polémico, tan sospechado, tan poco apreciado como el de árbitros.

Supongo que no debe ser agradable, cuando entran a un campo de juego, recibir la silbatina generalizada que baja desde todas las tribunas. Creo que los únicos dos momentos en que locales y visitantes se ponen de acuerdo es para insultar a los ingleses por Malvinas y en chiflar al árbitro cuando sale a la cancha. Pero ahí van. Para eso se han preparado. Para eso se han sacrificado.

Entonces, si así son las cosas. Ya que están ahí, ya que han invertido años, esfuerzos, tiempo, energías en llegar a esa posición. ¿No podrían, ya que están, dirigir como Dios manda?

Ya sé que hay excepciones. Hay árbitros que son buenos. Me ha tocado ver, a lo largo de mis cuarenta y cuatro diciembres, algunos muy buenos. Pero vamos a ser sinceros: por cada uno muy bueno: ¿cuántos pésimos florecen? No quiero hacer nombres, pero... ¿me siguen en lo que digo?

Ejemplo. Van cinco minutos del primer tiempo. El equipo X está convencido de que sacar un punto como visitante es una hazaña. Por lo tanto, el arquero demora cincuenta segundos en buscar la pelota detrás del arco, otros cuarenta eligiendo la matita de pasto sobre la cual apoyarla, otros quince tomando carrera, otros veinte haciendo señas a sus compañeros de que se abran, de que se cierren, de que se corran, de que se desmarquen, de que estudien mineralogía, y otros diez en trotar cinco pasos para impactar la pelota. Para cualquier palurdo es evidente que el arquero del equipo X está haciendo tiempo, aunque falten ochenta y cinco minutos de partido. ¿Qué pasaría si el árbitro se acerca, le sonríe angelicalmente, menea la cabeza como diciendo: "Qué pícaro que te levantaste esta mañana" y le saca la tarjeta amarilla? Nada. O mejor dicho, se aseguraría de que el dichoso arquero se dejará de jorobar de ahí en adelante en cada saque de arco que tenga. Pero no. El árbitro promedio se hace el desentendido las primeras tres o cuatro veces que el arquero remolón se hace el piola. La quinta vez se acerca, con gesto amenazante —como quien reta a un pichicho querido pero desobediente—, y mueve el brazo hacia abajo y hacia arriba como diciendo: "Apúrese". El arquero, en el colmo del remordimiento, alza la mano como diciendo: "Ya voy, maestro, ya voy", y sigue con sus ritos de convertir el tiempo en chicle. ¿Total? El arquero sabe que no pasa nada. Cuando llegue el entretiempo, el juez se habrá olvidado por completo del asunto. En la segunda etapa volverán ambos a su papel. Uno a demorar y el otro a hacerse el estricto. Eso sí, para que nadie lo tache de débil, a los cuarenta y dos minutos del segundo tiempo, en la decimoséptima ocasión en la que el arquero se hace el tonto, el juez cruzará toda la cancha para amonestarlo. Indignado, exhibirá la tarjeta amarilla como una espada justiciera sobre la cabeza del vándalo. Y uno, en la tribuna, se pregunta: "¿Y ahora para qué lo amonestás? ¡Si se cansó de hacer tiempo todo el santo partido!". Y uno se indigna precisamente por eso: porque sabe que lo amonesta ahora porque, de haberlo hecho cuando debía, corría el riesgo de tener que ser justo, y echarlo a los quince del primer tiempo.

Otra costumbre arbitral que me quita el sueño, y que podríamos intitular "Disquisiciones a la espera del tiro de esquina". Atacantes y defensores están amuchados en el área. El jugador que está por patear otea el horizonte. Ahora está muy de moda que el pateador se ponga a hacer gestos. Levanta un brazo, levanta el otro, dobla un codo, se menea con las manos en la cintura, imita una grulla, y todo eso tiene un significado especialísimo y secreto que sus compañeros deben ser capaces de interpretar. Eso sí: después tira un centro que es una vergüenza, tan corto que lo despeja con el pie el defensor que cuida el primer palo, o tan largo que cae pasado diez metros el área. Pero no me quiero distraer del motivo principal de mi calentura. Mientras el lanzador se prepara, atacantes y defensores se abrazan, se empujan, se codean, se matonean, etc. ¿Qué se supone que tiene que hacer el árbitro? Cualquier mortal de los que poblamos la tribuna suponemos que su tarea es simple: ordenar que se ponga el balón el juego, observar el área y juzgar en consecuencia bajo este simple razonamiento: si es *foul* de los atacantes, sacan los que defienden, y si es al revés, es penal para los atacantes. ¡Pero no! La mayoría de nuestros árbitros, en esa situación, desarrolla una conducta mucho más original. Les ataca un furor pedagógico, a partir del concepto de "Voy a educar a estos muchachos". Llama aparte a los más díscolos, uno de cada bando, y les explica, con la paciencia del maestro kung-fu de Kwai Chang Caine, que no está bien que anden agarrándose en el área. Los muchachones asienten, agachan la cabeza y vuelven a lo suyo. Cuando finalmente viene el centro, todos los demás (y a veces, hasta los reconvenidos) siguen fajándose de lo lindo. ¿Y qué hace el árbitro? ¿Cumple sus amenazas? ¿Sanciona los penales? ¿Muestra tarjetas a los díscolos? ¡No! ¡Claro que no! Porque si estuviera dispuesto a hacer esas cosas habría empezado por ahí, sin gastarse en advertencias. Pero lo que quiere el hombre de negro (o de verde, o de fucsia, o de amarillo, porque ahora se les ha dado por vestir cual aves tropicales de vistosísimos colores) es no tener que tomar decisiones, partiendo de la idea —errónea— de que si termina el partido con tres expulsados, ocho amonestados y dos penales es un mal árbitro; y si en cambio termina con los veintidós en cancha y pocas amarillas es un juez competente.

Y ya que vengo levantando presión, no quisiera terminar esta columna sin dedicar un párrafo a los jueces de línea, que son tan árbitros como los otros pero limitan su función a levantar la banderita con el *off side*, indicar a quién se le fue afuera, y verificar que los saques laterales se saquen con los dos pies en el piso y desde atrás de la cabeza. No parecen funciones demasiado complejas y abundantes, ¿cierto? Uno no les ha encomendado que velen por la paz mundial, ni porque no se agigante el agujero de ozono. Y sin embargo, se equivocan que da calambre, como dice mi mamá. Cuando no te anulan mal un gol, le dan cinco laterales seguidos al equipo equivocado, o convalidan que un fulano saque el lateral como si estuviera dando un pase de pecho al básquet. ¿Tan difícil es? ¿Tan difícil?

No quiero ser injusto. Detengámonos. ¿No me tocó ver árbitros buenos, en todos estos años? Sí, me tocó. Algunos. Contémoslos. Sí, a razón de un par de buenos, buenísimos árbitros, por década. Eso me da como menos de una decena. En mi ya larga vida de futbolero, no parecen demasiados.

Hay algo que debo conceder, en mi diatriba. Cuando en los mundiales te toca ver a árbitros de otras latitudes, uno se topa con cada chambón que te da como un no sé qué de culpa por ser tan exigente con los árbitros argentinos. Como un deseo de encontrarte en la calle con el último al que insultaste en escalas polícromas y darle un beso en la frente mientras murmuramos: "Perdoname, los hay mucho peores que vos". Pero tampoco es un consuelo. Si esta tierra se caracteriza por cosechar buenos jugadores. ¿No debería sucedernos lo mismo con los hombres de negro (o de verde, o de fucsia)?

Será por eso que cuando estoy en la cancha, y me toca padecer a uno de esos referís que se muestran dubitativos, flojos, pusilánimes, lentos, parciales, vuelvo a preguntarme, a preguntarle al susodicho, a interrogar al Altísimo: ¿Alguien lo obligó? ¿Alguien le puso un revólver en la sien para ordenarle que se convirtiese en árbitro? ¿Está purgando alguna culpa de sus vidas pasadas? Y si no fue así: ¿por qué no se dedica a otra cosa? ¿No tiene nuestra vida de pobres mortales, suficientes frustraciones, dificultades, atropellos, sinsabores, sueños incumplidos, tristezas viejas, amores contrariados, metas inalcanzables, como para que encima nos tengamos que bancar a este muchacho que de fútbol sabe menos que nosotros de física cuántica?

Filosóficas cuestiones que carecen de respuesta. Será por eso que la única que nos queda, cuando vamos a la cancha, es erguirnos en puntas de pie, como si allá a lo lejos, sobre el verde césped, él pudiera escucharnos, juntar los dedos de la mano en un montón iracundo y vociferar: "¡¿Qué?! ¡¿Qué cobrás?!"

# English lesson

Hace poco, y por motivos que no vienen al caso, me tocó hacer un largo viaje a través de Inglaterra, en el auto de un historiador inglés. Cosas raras que a veces tiene la vida. Raro lo mío en Inglaterra, y raro el viaje propiamente dicho.

Para empezar, el auto de este historiador es un Audi que te deja sin aliento. No me pidan el modelo. A duras penas sé que es un Audi por los circulitos de la parrilla. La envidia y la codicia son feos sentimientos, pero la verdad que no pude dejar de comparar: ¿cuántos cientos de años tiene que trabajar un profe de historia de la Argentina como para comprar una nave como esa? Me parece que sería más fácil sacar la cuenta en milenios, pero en fin. Volvamos a lo que estoy contando sobre ese viaje.

El historiador no sabe una palabra de castellano, con lo cual nos vemos obligados a conversar en su propio idioma. Hace muchos años, en la escuela secundaria, tuve una profesora de inglés que me hizo transpirar la gota gorda y que pobló, durante mi adolescencia, muchas de mis pesadillas. Pero, nobleza obliga, algo debo reconocerle a mi funesta pedagoga: si hoy en día puedo conversar con alguien en ese idioma es gracias a sus clases, sus amenazas y sus invectivas. Tampoco es que hablo un inglés fluido y londinense. Nada que ver. Mis construcciones gramaticales y mi pronunciación harán que mi profesora se revuelva de indignación en su eterno descanso, pero me las rebusco para entender lo que me dicen y transmitir lo que pienso.

Problema adicional: voy medio mareado sentado a la izquierda del conductor, y cada vez que nos cruzamos con algún auto de frente siento que vamos a estrolarnos con esto de ir, ambos, por la mano contraria. Entrecierro los ojos y presiento el impacto y los hierros retorcidos, pero me equivoco. Además, debo reconocer que como "drivers" son muy civilizados.

Última dificultad: ¿de qué hablar con un historiador inglés, con el que apenas nos conocemos, a lo largo de un viaje de quinientos kilómetros? Santa solución: al tipo le gusta el fútbol, es fanático del Chelsea y va siempre a la cancha. Ya tenemos tema para por lo menos dos viajes como ese.

Entonces conversamos de su equipo, del mío, de cómo se hizo hincha, de cómo me hice yo, de qué jugadores me gustan, de cuáles le gustan a él. Coincidimos en Drogba. Nos diferenciamos con Cristiano Ronaldo —no me cae bien, lo lamento—. Experimento un ingenuo orgullo de que conozca y admire al Kun Agüero. "*I was in the stadium in his first match, wen he was fifteen years old*", le digo, esperando que eso signifique que yo estaba en la cancha cuando el Kun debutó en Primera, con quince años. Es mentira. Ese partido lo vi por televisión, creo. Y perdimos con San Lorenzo, me parece. Pero es una mentirita piadosa. Piadosa para mí mismo, porque no me perdono no haber estado ese día en la cancha. Él abre mucho los ojos, aunque no sé si de pura admiración o porque mis palabras significan alguna otra cosa, extraña o inadmisible. Espero que sea admiración, nomás.

Sigue la charla. Mi ocasional compañero me cuenta que siempre ocupa la misma butaca en Stamford Bridge. Que conoce a sus vecinos de tribuna. Que a algunos de ellos los ha visto crecer desde pibes hasta adultos. Me gusta esa imagen. Eso de que una parte de tu vida sea un pedacito de la cancha de tu equipo. Una especie de barrio con vecinos que conocés. Le pregunto cómo hace para conservar el sitio. Se me cruza por la cabeza preguntarle si son socios vitalicios. Pero no tengo la más pálida idea de cómo puede decirse "vitalicio" en inglés. Mejor me callo y espero a tener más datos. Me explica que todos los años el club le envía, antes del inicio de la temporada, el cronograma de días y horarios de los partidos, y el costo de su platea. Ahora soy yo el que abre los ojos como platos. ¿Cómo pueden saber, en julio, las fechas y horarios de los treinta y ocho partidos del Chelsea como local? En la Argentina uno se da por satisfecho si se entera con una semana de anticipación, aunque puede ser que te lo cambien seis horas antes del partido, por supuesto. Por una extraña asociación de ideas se me ocurre preguntarle por el tema de la violencia en los estadios: pienso en horarios y pienso en el Coprosede; pienso en el Coprosede y pienso en la seguridad o en su ausencia; pienso en su ausencia y pienso en los barras; pienso en los barras y se me ocurre la típica pregunta. *"Can you explain me how did you solve the hooligans problem?"*, que viene a significar: "¿Me podés explicar cómo corchos hicieron para sacarse de encima a los barras bravas?", en términos un poco más distinguidos.

"*Oh...*", me contesta el historiador. Ese "*Oh*" viene a ser como el "Esteeeee" que usamos nosotros mientras preparamos una respuesta. "*Three things*", dice al fin, levantando tres dedos de la mano que usa para meter los cambios del Audi, que dicho sea de paso tiene un tablero que parece el de un Boeing 767.

"*The first thing* —deja en alto únicamente el dedo pulgar—, *very strict new laws*". Muevo la cabeza, asintiendo. Nuevas leyes muy severas. No termina de decirlo, y mi anfitrión llega a un cruce de rutas de provincia, aunque allá no se llamen provincias. Son dos rutas desoladas. En la intersección hay una señal de *Stop*. El tipo detiene la marcha por completo. No es que aminora la marcha y estira el cuello a ver si viene alguien, comprueba que no y acelera en segunda mientras gira el volante. Si la señal dijese "*Slow*" —que significa lento— en una de esas lo hacía. Pero como dice "*Stop*", el tipo se detiene. Stop. Y punto. Entonces entiendo que, para esta gente, hacer leyes nuevas es lo mismo que aplicarlas. Las hacen y las cumplen. Y no quiero iniciar un largo debate sobre el imperialismo inglés y sus acciones atroces en el resto del mundo. Hablo de otra cosa. Pienso en otra cosa.

"*Second*", prosigue mi interlocutor, alzando el dedo índice de la mano izquierda. "*All fans are sitting.*" Yo vuelvo a asentir, porque lo he visto. Detrás de los laterales. Detrás de los arcos. En los codos. Todos prolijamente sentados. Y me asalta una duda, porque no estoy seguro de lo que pienso al respecto. Con lo otro sí estoy seguro. Con eso de que los delincuentes que se hacen pasar por hinchas vayan presos, sí que estoy de acuerdo. Que los violentos se queden fuera de las canchas donde va la gente honesta, sí que me parece perfecto. Pero no sé qué pensar de esto de "todos sentados". Porque el fútbol está lleno de momentos. Y tu vida como hincha, también. Cuando sos chico tu viejo te lleva a donde la gente se sienta porque, si no, te tapa todo el mundo. Y está bien. Cuando crecés, y vas con tus amigos, vas a la popular porque querés saltar y cantar y gritar y esas cosas se hacen de parado. Cuando madurás en una de esas volvés a la platea, porque te duelen las tabas y no aguantás cuarenta y cinco minutos seguidos de pie. O porque te sosegaste y querés ver bien el partido, aunque lo que hay para ver te deje el alma hecha jirones. Pero ahí está: la cancha para nosotros es un sitio que cambia a medida que envejecemos. No sé si me gustaría que fuese siempre igual a sí misma.

"*And third* —ahora son tres los dedos que levanta: pulgar, índice y mayor—: *the tickets price.*" Ah, digo yo, y pido detalles. Mi anfitrión tira una cifra, en libras esterlinas, de lo que cuestan las entradas. Yo la convierto a euros y la multiplico a pesos. Trago saliva, porque el número resultante es una fortuna. Tal vez me haya equivocado, porque las matemáticas no son mi fuerte. Arranco otra vez. Mientras paso de libras a euros mi informante tuerce la cabeza hacia mi lado y sonríe. Supongo que me lee el pensamiento. "*It is not cheap*", o sea, que no es barato. "¿No es barato?", pienso, escandalizado. "¡Cuesta un ojo de la cara!", me digo, con la frase que usaba mi mamá a la vuelta de la feria, en el Castelar de mi niñez, cuando los precios la sulfuraban. En aquellos tiempos yo me preguntaba cómo era eso de tasar las cosas al precio de un ojo, pero ahora, en este auto carísimo, me alcanza con sulfurarme como ella.

¿Cómo va a costar semejante fortuna ir a la cancha? Me trabo porque no sé cómo formular la siguiente pregunta. En español la pregunta es simple: "¿Y cómo hacen los pobres para ir?". Claro que eso es en español directo. En el español de los eufemismos, debería reemplazar la palabra "pobre" por alguna delicadeza al estilo de "personas de bajos recursos" o algo así. Pero mi inglés carece de eufemismos. Lo pregunto como puedo, con sencilla brutalidad. La respuesta también es sencilla. Y es brutal. Y viene acompañada de un meneo de cabeza. "*No. They never go.*" Así de simple. Los pobres nunca van a la cancha.

Simple. Sencillo y directo. Después hacemos un rato de silencio. Un poco porque el esfuerzo de hablar en inglés me deja agotado, y mis argentinísimas neuronas necesitan recuperar el aliento. Y otro poco porque necesito pensar en este lío. Porque yo tengo muchas ganas de ir a la cancha sin miedo y sin vergüenza. Sin el miedo a la violencia que las barras bravas ejercen, y sin la vergüenza de que las hinchadas, a veces, los aplaudan y los admiren. Pero no quiero que el precio que debamos pagar sea un fútbol para ricos. Y me pregunto si no habrá otro modo. Me digo que tiene que haberlo, aunque yo no sepa encontrar la salida.

Mientras tanto, el Audi llega a un cruce de caminos absolutamente desierto. Pero en la intersección hay una señal roja y blanca que dice "*Stop*". Y el inglés, por supuesto, detiene el Audi por completo.

## Estrellita mía

Si entre los lectores de *El Gráfico* hay algunos muy memoriosos, un título como éste puede llevarlos a la confusión y, por qué no, a la angustia. Porque "Estrellita mía" fue una telenovela que se emitió en la Argentina en 1987, el mismo año en el que Rosario Central, en un raid sin precedentes, se coronó campeón de primera división inmediatamente después de regresar a la categoría, con 17 partidos ganados, 15 empatados y 6 perdidos. Para completar la información del teleteatro: Ricardo Darín, Andrea del Boca, Canal 11, chica pobre y campesina que entra como sirvienta en casa de muchacho rico que no es feliz, etcétera.

Pero no teman, que no voy a usar la columna de *El Gráfico* para relatar los entretelones de un culebrón de décadas pasadas. Simplemente hoy, mientras pensaba en el fútbol, me acordé de ese título de la estrellita. Ahora voy a intentar explicarles por qué.

El otro día alguien me comentó que a veces, cuando miraba el gol de Caniggia contra Brasil en Italia 90, casi le daba miedo de que la pelota no entrase. Yo sonreí, porque pensé que los futboleros tenemos —entre otros muchos— el defecto de ocupar nuestro cerebro con preocupaciones, datos e intereses que a la Humanidad no le sirven para nada. Mientras hay gente inventando vacunas contra el sida y curas contra el cáncer, mientras hay personas que dedican su vida a salvar los ecosistemas o las lenguas en peligro, un fulano se toma el tiempo de evocar el gol de Cani y pensar lo cerca que estuvo de errarlo. Y otro fulano —en este caso yo— se toma el tiempo para quedarse pensando largo rato en ese gol, y en ese asunto.

Lo primero que pienso, al evocar el gol, es "menos mal que fue gol porque, si no, no habríamos…". Y me detengo en seco en ese "habríamos". Porque mi pensamiento sigue "si no, no habríamos salido campeones". Y es un pensamiento erróneo. Porque en Italia 90 Argentina no fue campeón. Salió segunda. Perdió la final con Alemania, gracias a ese penal de fábula que les dio Codesal, mal rayo lo parta, como decía mi abuela.

Y sin embargo, yo no puedo volver al Mundial de Italia sin una mezcla de emoción y de orgullo. No el orgullo que me despierta el juego de la selección en México 86. Es otro el orgullo de Italia. Un orgullo de sobrevivientes, de remar en dulce de leche, de mirar los partidos aterrorizado, de gritar los penales atajando el corazón que se me sale por la boca y queda picando en el piso. Un orgullo de cortar bulones como beduinos todos los partidos. Pero un orgullo tan orgullo como el otro.

Es verdad que, apenas terminó, el Mundial de Italia me dejó una gran tristeza. Eso de avanzar tanto y quedarte en la puerta, y con ese penal… Pero después los días pasan y la vida y la memoria se acomodan, me parece. Y los recuerdos se ubican donde deben. Los penales contra Italia, Diego sacando pecho mientras nos silban el Himno. El Goyco que entra después de la fractura de Pumpido y los goles de Troglio y Burruchaga contra los soviéticos.

Si me dieran la oportunidad de volver a vivir ese mundial, con la condición de que termine igual, con el mismo dolor de la final, con el mismo choreo, yo vuelvo. Me banco ese garrón del desenlace, si puedo volver a vivir toda la desesperación y toda la euforia. Y no obstante, en el escudo de la AFA, naturalmente, no hay ninguna estrella que represente ese mundial.

En los últimos años me parece advertir una desesperación, por parte de la gente del fútbol, para colgarse diplomas, títulos y pergaminos. Una especie de "era de los récords". Qué equipo tiene más copas. Cuál tiene más campeonatos. Cuál el invicto más largo. Qué jugador tiene más goles acá, allá y en el otro lado. No tengo nada contra las estadísticas, aclaro. Pero me incomoda esta especie de urgencia por definir, por establecer, por fijar en números y símbolos lo que en el fútbol hemos hecho, lo que en el fútbol hemos sido.

Erico y Labruna son un buen ejemplo de lo que quiero decir, por la contraria. Para la mayoría de los estadísticos, Erico tiene 293 y Labruna 292. Aunque sé que últimamente varios le agregan uno al ídolo histórico de River, y lo empardan con mi ídolo paraguayo. A lo que voy: ¿alguien en su sano juicio puede suponer que a Erico y a Labruna les interesaba llevar la cuenta de sus goles? Si fuese así, Angelito habría jugado un par de partidos más en Platense, como para liderar la estadística sin equívocos ni impugnaciones. Y sin embargo no lo hizo. Esos gigantes no andaban detrás de ninguna estrellita.

Hoy en día, basta con mirar la camiseta de la mayoría de los equipos de Primera para ver cómo sus escudos están rodeados de estrellas. Y no lo digo por

Boca, que desde siempre ha tenido esa costumbre. Lo digo por casi todos los demás. No hablo de un partido conmemorativo, donde un club se festeja a sí mismo por algún logro excepcional. Hablo de poner las estrellitas como centro, como un tótem al cual le rendimos homenaje en todos y cada uno de nuestros cotejos.

Lo peor es que uno, además, tiene que hacer poco menos que un curso de heráldica para entender lo que significan las dichosas estrellitas. ¿Son títulos internacionales o nacionales? ¿Son títulos en Primera o en el Ascenso? Y en ese camino: ¿Son títulos o son ascensos? ¿Son clásicos ganados? ¿Partidos televisados?

Basta, loco. Me parece que ya está bien de tanto lustre, que suena a caballeros medievales. Porque en el fondo, las estrellitas nos hacen mirar las cosas de manera demasiado sesgada.

Nuestra historia futbolera no está hecha de estrellitas. Está hecha de otro montón de cosas. Partidos memorables en campeonatos anodinos. Clásicos imposibles. Jugadas de nuestros héroes que no quedaron archivadas en ningún otro lado que en nuestra fanática memoria de devotos perpetuos.

Espero sepan disculpar esta filípica contra las estrellitas. Sucede que las dichosas estrellitas me recuerdan a una de las cosas que más me molesta del fútbol actual. Esto de que "ganar es todo". O ese eslogan de no sé qué marca de no sé qué producto, que dice: "Ganar no es lo más importante: es lo único". ¡Minga es lo único! ¿Quién les dijo semejante estupidez? Supongo que para el marketing el mensaje funciona. Cierra. Como supongo que para cierto estilo mediático-deportivo, también. Pero me parece que esa filosofía nos empobrece. Ignora, oculta, desprecia, el laborioso entretejido de los días y los actos de los hombres. Los accidentes, los azares, las decepciones, los intentos. La verdad simple y profunda de que no sólo importan los qué sino que importan los cómos. Ese lugar esencial que tienen las formas.

Y espero que esta columna no se confunda con una defensa a ultranza del "juego bonito" o que se me tilde de "lírico". No es de eso de lo que estoy hablando. Hablo de no quedarnos pegados al flash, rutilante y enceguecido, del instante sublime de colgarse la estrellita.

Nada más alejado que la belleza estilística, cuando nos acordamos de Italia 90. Y sin embargo, perder ese mundial es uno de los recuerdos más hermosos que guarda mi corazón futbolero.

No hay ninguna estrella que me sirva a mí para evocar el domingo 24 de junio de 1990. Ni el sillón de la casa de mi vieja en el que vi, padecí, sufrí, recé, prometí, esperé, grité y me escondí, mientras Brasil nos pegaba un peludo inolvidable.

Por esos milagros de Internet, puedo volver a ver el gol de Cani todas las veces que quiera. Para empezar, el Diego arranca la jugada mucho más atrás de lo que yo recordaba. Dentro del círculo central, pero del lado argentino. Y hay más brasileños alrededor, aunque el único que lo sigue —y no le pega— es Alemão. Elude a Dunga —que tampoco le pega—. Otra cosa que yo no recordaba es la diagonal que tira el Cani de derecha a izquierda para ofrecerle el pase. Otra más (y se me hiela la sangre al verlo) es que el pase —con pie derecho— del Diego, hacia el Cani, le pasa de caño a uno de los centrales —creo que es

Mauro Galvão—. Y el Cani que la recibe de zurda, engancha de derecha frente a Taffarel y le pega al arco otra vez con la izquierda, más bien flojo, más bien masita, con cara interna, una pelota que se levanta y entra a media altura en el centro del arco.

No hay —repito— ninguna estrella que me devuelva a ese mundial que no ganamos. Y sin embargo…

Ese partido imposible contra Brasil. La cara de velorio de Totó Schillaci cuando dejamos afuera a los italianos. Las lágrimas de Maradona después del 0 a 1 con Alemania. El Goyco dando ese paso lateral antes de jugarse en los penales, para llegar bien abajo y a los palos. A mí dejame todos esos recuerdos para siempre. La estrella… La estrella que se la guarden donde mejor les quepa.

# No es tu culpa

La película, en la Argentina, se llamó *En busca del destino*. Un título malísimo, si se me permite la opinión. En la versión original, en Estados Unidos, se llamaba *Good Will Hunting*, que significa, más o menos, "El indomable Will Hunting". Tampoco es gran cosa ese título original, confesemos. Pero la peli está muy buena. Matt Damon personifica a un muchacho superdotado, que tiene un cerebro incomparable para las matemáticas, pero vive en una situación familiar y social de marginalidad y violencia. No les voy a contar acá la película (aunque si no la vieron se la recomiendo). Pero sí quiero destacar una escena: Robin Williams (el actor, no el cantante carilindo) hace del psicólogo que atiende a Will. Y en esa escena lo enfrenta con una terrible situación de su pasado y le dice, sencillamente: "No es tu culpa". El pibe primero no lo entiende, y el psicólogo se lo repite: "No es tu culpa". Después el flaco se siente turbado, confundido. Y el psicólogo insiste: "No es tu culpa". Después el flaco medio que se enoja, y forcejea con el terapeuta, incómodo ante esa insistencia. Y el psicólogo repite: "No es tu culpa". Finalmente el protagonista se abandona en esa idea, se afloja, se pone a llorar, y uno comprende que ese pobre pibe venía sometiéndose a una presión que no se merecía, por una situación que no tenía nada que ver con sus acciones en la vida. Uno entiende, en ese momento, que el psicólogo hacía bien en decirle al pobre Will Hunting que no tenía la culpa de lo que le había tocado vivir, porque, aunque fuera cierto y evidente para el que lo veía de afuera, la vida del flaco se había puesto tan enroscada y difícil que hasta pensaba equivocadamente que sí, que tenía la culpa de lo que le había tocado padecer.

Bueno, aunque esta escena de cine no tenga nada que ver con Leo Messi, yo creo que sí. Porque más de una vez he sentido el deseo de decirle un "no es tu culpa". Aclaración importante: yo escribo esto a fines de 2012, después de que Lionel cierra un año bárbaro con la Selección. Y entonces el abultado bando de sus críticos, esos que ponían cara de asquito para decir: "Ese en el Barcelona juega, pero en la Selección no" están en franca desbandada. Sin embargo, conociendo el fútbol, bastará que las cosas el año que viene no sean tan buenas para la celeste y blanca para que las aves rapaces vuelvan a sobrevolar el asunto, a poner carita de estar oliendo sustancias en descomposición y a desvalorizar a Leo.

Y vuelvo a la escena de la peli, y a esas palabras de "No es tu culpa". No es culpa de Messi ser un superdotado. No lo eligió. Lo habrá cultivado, mejorado, perfeccionado. Pero evidentemente nació con algo. Como el que nace con habilidad para las artes plásticas o para tirar piedrazos con gomera. Este nació con predisposición a una gambeta corta y endemoniada, a llevar el balón con toquecitos cortos a una velocidad de escándalo. Nació con habilidades suficientes como para convertirse en el mejor jugador de fútbol del mundo hoy en día. Y ahí está. Lo es. Por más que a alguno le moleste, Lionel Messi es el mejor jugador del mundo.

Y tampoco es culpa de Messi que exista Diego Armando Maradona. Ni que haya nacido también en la Argentina. Ni que el Diego nos haya dado todo lo que nos dio a los futboleros argentinos. Ni de que haya comandado a esa selección inolvidable campeona en México 86, ni que con el tobillo hecho fruta nos haya dejado en la puerta de otra hazaña en Italia 90. "¿Culpa de qué?", se me podría preguntar. "De nada", respondo yo. Culpa de nada.

Y sin embargo, siento que hasta el día de hoy se sigue cometiendo una injusticia absoluta con Messi, en esa comparación constante a la que se lo somete con el Diego. Le ruego al lector que haga la prueba. En el próximo asado que le toque compartir con amigos, póngase a hablar de Lionel Messi. Lo que quiera: arranque por los goles que hizo este año en las eliminatorias, o con su campaña en el Barcelona. Insisto. Empiece por donde mejor le cuadre. Deje ahí, sobre la mesa, suelto el tema, para que los otros comensales lo recojan, lo lleven y lo traigan. Y cuente el tiempo. Verá que no pasan cinco minutos sin que alguno pronuncie la palabra mágica: Maradona. Y no es que lo van a nombrar simplemente para invocarlo. Nada de eso. Van a nombrarlo para compararlos. Lo usual será que quien lo convoque, con el dedito en alto y el aire desenvuelto, diga algo al estilo de "No me vengan con Messi, porque Maradona tal cosa y tal otra". Y ahí se desplegarán las distintas variantes. El nostálgico del carisma de Diego se quejará de que Messi no habla en la cancha y recordará el modo en que el Diego se parlaba a los árbitros, a los contrarios, a los jueces de línea. El añorante de su emotividad le reclamará a Messi que no canta el Himno y hará memoria acerca de cómo el viejo diez se carajeó con toda Italia por su ingrata silbatina. El melancólico de su pegada se lamentará de que Messi no le pega bien a la pelota y hará una rápida composición intitulada "Diego y los tiros libres".

Al final, todos chasquearán la lengua, ladeando la cabeza, y murmurando: "No me vas a comparar…". Pues bien. Yo, en esos casos, pienso, casi a gritos: "¿Qué? ¡Si yo no dije nada! ¡Si el que los comparás sos vos!". Y esas son las situaciones en las que vuelvo a recordar esa escena de la película y me dan ganas de decirle, a Messi: "No te hagas cargo, flaco. No es tu culpa".

No es culpa de Messi que Diego haya significado todo lo que significó. Ni es culpa de Messi tener otro carácter, otro estilo, otra manera de ser, otra manera de llevarse con sus compañeros o de andar la cancha. Messi no tiene por qué ser como Diego. Y mejor que no lo sea. Porque cada jugador —y cada persona— se merece ser lo que tenga ganas, o lo mejor que pueda, pero sin tener que mirarse cada día en el espejo inalcanzable de la admiración de los otros por alguien que no es él.

Si los argentinos nos empeñamos en que Messi tiene que ser como Maradona estamos, como tantas otras veces, equivocándonos. Porque nos perderemos de disfrutar al pibe que mejor juega al fútbol en la actualidad. Ahogados de añoranza, presos de la nostalgia, paralizados de historia, nos vamos a privar de disfrutar a ese pibe que, gracias a Dios, nació en Rosario y, de vez en cuando, se pone la camiseta argentina.

Yo no sé si en Brasil 2014 vamos a dar la vuelta gracias al talento de Leo. O en Rusia 2018, o en Qatar 2022, o en Saturno 2026. Ojalá que sí. Ojalá que Leo, alguna vez, me ponga en la obligación de deberle tanto como le debo al Diego por la alegría que me dio con la camiseta argentina.

Pero no quiero vivir pendiente de eso. No es culpa de Messi que los argentinos seamos incapaces de cerrar nuestro duelo con Diego, con su retiro, con su partida, con el hecho indubitable de que no juega más. Así que no le pega a la pelota como Diego. Perfecto. No tiene por qué. En una de esas, Leo lo sabe y por eso se asegura de limpiarse a cuanto marcador se le ponga enfrente para definir a menos de diez metros del arco. Así que no tiene el carisma de Diego para hacer declaraciones. Asunto de él. En una de esas, le tocó transitar una vida más apacible. Y feliz de él, si ese es el caso. Así que Messi no nos tiene en el subibaja emocional de Diego y sus caídas y sus resurrecciones. Asunto de él. Si al propio Diego yo le desearía una vida a salvo de los chismes, no puedo menos que alegrarme de que Messi pueda sortear esos escollos humillantes.

Yo no quiero naturalizar lo extraordinario. Cuando Messi encara a cuatro tipos que se escalonan para marcarlo en dos metros, el sentido común dice que por ahí no se puede pasar. Y el tipo pasa. Y cuando pone un pase de cirujano entre un revoleo infernal de patas para que un compañero haga el gol, y la pelota surge limpia al otro lado, emergiendo por donde se supone que no debería aparecer, yo quiero seguir asombrándome. No quiero decir: "Ajá, mirá vos, lo hizo otra vez". Quiero seguir con los pies en la tierra, y darme cuenta de que ese pibe acaba de hacer, otra vez, algo imposible para todos los demás.

No quiero arruinarme el presente por el peso del pasado. Yo no sé cuánto tiempo más voy a poder ver a este pibe extraordinario, aunque espero que esto dure muchos años.

Y la mejor manera de honrar lo que Diego hizo dentro de una cancha es, me parece, celebrar que en este país nuestro sigan surgiendo pibes que juegan mejor que el resto. Y que alguno, a la primera de cambio, se convierta en el mejor del mundo.

No me interesa comparar a Maradona con Messi. Primero porque la carrera de uno de los dos, como jugador, está terminada. Ha concluido. Es una obra completa, y a medida que se aleja en el tiempo uno puede verla en perspectiva. En mi caso, la veo para maravillarme y decirle gracias. En el caso de algunos otros, para mezquinarle parte de su grandeza con cosas que no tienen que ver con lo que el Diego hizo dentro de la cancha. Y en el de otros, para llenarse de esa nostalgia odiosa que parte de la base de que lo mejor que tenía que suceder ya sucedió, y lo único que nos toca en el futuro es sufrir y padecer que nunca más pase lo que pasó.

Messi, en cambio, tiene veinticinco años de edad y una década, si Dios quiere, para seguir jugando. Y yo no tengo ni idea de cómo van a ser esos años que vienen. Yo no necesito que Leo sea como Diego. Necesito que sea como Leo.

Para lo único que quiero poner, en la misma oración, a Diego Maradona y a Lionel Messi es para decir que los dos son de otro planeta, pero gracias a Dios nacieron acá, en este país que es el mío. Y ver jugar a tipos así no puede menos que hacerme feliz. Y punto.

## Lecciones de piano

Cuando estaba en segundo año del secundario se me ocurrió convertirme en pianista para enamorar a las chicas. Debo confesar que en aquella época yo era un tanto proclive a los proyectos faraónicos. Me dejaba llevar con facilidad por la fantasía, y compensaba mis numerosas inseguridades imaginando un futuro —cercano, tangible, palpable— en el que lograba alcanzar metas heroicas y complicadas. Si lo pienso a la luz de la madurez, creo advertir cierta ingenuidad en algunos de esos proyectos, cierta cándida confianza en que, consiguiendo *algo*, logrando *eso*, las barreras que se alzaban entre la felicidad y mi persona iban a derrumbarse con júbilo y con estrépito. No temo que el lector me acuse de simplote y facilista. Y no lo temo, porque yo mismo me acuso de ambas cosas.

Esta tendencia a confiar en hazañas de dudoso mérito, que me abriesen de par en par el porvenir, puedo rastrearla desde mi más tierna infancia. Recuerdo, por ejemplo, que en la Nochebuena de 1974 me obligué a dar una vuelta manzana completa, saltando sobre el pie derecho, bajo la consigna de "si no me caigo en toda la vuelta, Papá Noel me va a traer el revólver de cebita que le pedí". No sé si fui capaz de la proeza, o si en algún momento cambié de pie de apoyo. Pero el desafío rindió sus frutos, porque el gordo de traje polar se portó de maravillas

esa noche y depositó, sobre el falso abeto del comedor, un revólver de seis alvéolos que metía un batifondo de exterminio en cada disparo.

Cuando llegué a la adolescencia mantuve la
costumbre de esos íntimos desafíos, pero cambió la
materia: ya no me interesaban los revólveres a cebita
sino el amor de las mujeres. Sin ir más lejos, me pasé
buena parte de séptimo grado planificando el ingreso al Liceo Naval. No lo hice porque me interesara
la carrera militar, sino porque estaba convencido de
que, vestido con el uniforme de cadete, ninguna jo-
vencita de Castelar iba a resistirse a enamorarse de
mí hasta la más recóndita de sus células. Finalmente
el proyecto del Liceo no prosperó (no me preocupa-
ban tanto los exámenes de ingreso como la dieta para
bajar de peso que debería seguir si quería superar la
prueba física). Pero me quedó esa especie de vicio
por asociar una epopeya descabellada con el amor inminente de las mujeres de mis sueños. Y así es como,
en segundo año del secundario, alumbré la teoría de
que los poetas y los músicos tienen a las mujeres co-
miendo de la palma de su mano.

Según mi mamá, yo tenía un oído musical
privilegiado. Y la imagen de mí mismo, agazapado
sobre el instrumento, enérgico, concentrado, sentado sobre el alto taburete, el ceño fruncido, un me-
chón rebelde cayéndome sobre la frente, me seducía
de tal modo que no podía concebir que a las chicas
no les sucediera lo mismo.

Cuando le conté a mi madre mis proyectos
musicales ella saltó de alegría. Claro que mantuve
en secreto que el fin último de mi futura carrera de
concertista era levantar minas. Me pareció mejor que

creyera que lo mío era puro amor al arte. Y mi madre reflotó su hipótesis de mi privilegiado oído musical y prometió averiguar con las vecinas para que le recomendaran una profesora.

Unas semanas después yo me encontraba, un martes a la hora de la siesta, frente a la puerta de la que sería mi profesora de piano. No recuerdo su nombre, pero sí que era alta, de rasgos severos, ojos claros y una edad indefinida entre los sesenta y los doscientos veinte años. Su casa olía a comidas que en mi casa no se comían, o a una cera distinta para los pisos. O a las dos cosas. El piano estaba en el living de su casa y yo, que entraba por la puerta de la cocina, debía atravesar varias habitaciones y calzarme los patines al llegar a la sala, porque los pisos estaban encerados con paciencia de relojero.

Las primeras clases anduvieron bien. Versaron sobre ponerle un número a cada dedo, ubicar las siete octavas que tenía ese piano, aprender a ligar las notas en largas escalas ascendentes y descendentes, con la mano derecha en las escalas agudas y con la mano izquierda en las escalas graves y así sucesivamente. Lo cierto es que aprendía rápido, hasta el punto de que llegué a sospechar que tal vez mi mami, con ese desmesurado elogio de progenitora había, tal vez, acertado. El único motivo de inquietud lo tuve una tarde en la que mi profesora me señaló un magullón a medio cicatrizar que yo tenía cerca del codo izquierdo. Con ojos entrecerrados de sospecha me preguntó qué me había pasado. Evitando mayores precisiones, respondí: "Gimnasia", con ese laconismo que me caracterizaba a principios de la década del 80. La profesora frunció un poco los labios, aceptó mis dichos y murmuró algo así como "Cuidado con esos dedos, Sacheri. Cuidado con esos dedos".

Yo tragué saliva y continué con mis escalas, bajo la atenta mirada de la pedagoga. Me cuidé bien de decir, porque podía ser chico y tímido pero no idiota, que en realidad me lo había hecho jugando al fútbol y jugando como arquero, que era lo que yo hacía en esa época. Creo que alguna vez he comentado algo al respecto, de manera que no los voy a aburrir. El hecho es que pasé la adolescencia bajo los tres palos, supliendo con arrojo, reflejos y voluntad lo que me faltaba de talento. Tal vez para cualquier persona con dos dedos de frente ser arquero y ser pianista sean ocupaciones antitéticas. Pero yo no estaba dispuesto a elegir. Una me gustaba mucho. Y a la otra la consideraba la llave maestra para seducir mujeres, según expliqué al principio. De manera que no iba a permitir que me vinieran con disyuntivas.

En alguna cena familiar mi madre había deslizado que, quizás, mi carrera de pianista no era del todo compatible con mi puesto en la cancha. Pero yo le aseguré que siempre atajaba con guantes (era verdad), que me cuidaba mucho las manos (era mentira), que puesto a elegir entre evitar un gol y preservar el físico siempre optaba por lo segundo (era más mentira todavía) y que me importaba mucho más aprender piano que jugar al fútbol (era tan mentira que ahora me da mucha vergüenza reconocerlo, mamá, perdoname). Pero, ¿qué adolescente no se siente un poco, o un mucho, omnipotente? Terminé segundo año y entré a tercero. Y porque estaba pegando el estirón, o porque el número de granos en mi cara tendía a disminuir, o porque mi cuerpo estaba dejando de asemejarse a un pequeño barril de ron de barco pirata o porque sí, las chicas empezaban a considerarme, al menos, un ser humano al que se podía saludar y con el que se podía mantener una conversación. Claro que yo lo atribuía, sin demasiado basamento científico, a mi más que promisoria carrera como concertista. La verdad es que me gustaba tocar el piano, aunque me aburría sobremanera tener que practicar una vez, y otra vez, cada uno de los ejercicios. En mi casa, por supuesto, no teníamos piano, y yo tenía que ir a practicar a lo de la profesora. La mujer no ponía la menor objeción a que yo ensayara en su casa. El problema es que ella podía oírme perfectamente desde la cocina. Y más de una vez, cuando después de aporrear durante un buen rato las teclas blancas y negras me disponía a hacer mutis por el foro, la buena señora me frenaba en seco, fruncía el ceño, detenía el empanado de las milanesas sobre la mesada de la cocina y con un sucinto: "Falta práctica, Sacheri" me devolvía al ejercicio de Schumann.

Y así marchaba la vida, conmigo pasando a cuarto año, cuando tuve la mala fortuna de jugar ese partido de morondanga, en la clase de Gimnasia, contra los de quinto tercera. Si algún profe lee esta columna le ruego que no me corrija eso de "Gimnasia". Ya sé que la materia se llama "Educación Física". Pero el profesor petiso, morocho y haragán que debía darnos clase en el Dorrego, en aquellos años, no daba nada, salvo lástima. Así que dejémoslo en Gimnasia y gracias. Nos tiraba una pelota de fútbol para que nos masacrásemos sanamente entre cuarenta en una cancha de quince por quince, y se retiraba a descansar a un costado.

Y ahí, en ese partido tonto, uno de esos cotejos que no valen nada, una tarde de otoño que más me hubiera servido quedarme en mi casa, no tuve mejor idea que arrojarme en medio de un revoleo de patas a embolsar un centro rasante. Hasta ahí, todo normal. Pero quiso mi mala estrella que uno de los rivales, aunque la pelota descansaba mansita entre mis manos, me pusiera una patada feroz en la mano derecha. Ustedes no pueden saberlo, pero detuve durante veinte minutos la escritura de esta columna intentando recordar el nombre del imbécil. Sería una dulce venganza escracharlo en las páginas de *El Gráfico*. Pero por más esfuerzo que hago, no lo consigo. Baste entonces aclarar que era gordito, con pecas, estatura mediana, pésimo jugador. Ojalá te lleguen mis maldiciones, turro. Ojalá que sí. Pero no nos vayamos de tema. No creo que el fulano me haya pegado de mala leche. Calculo que lo hizo de puro imbécil. Y pasó lo que tenía que pasar. Mi dedo meñique derecho hizo un sonido raro, como "chack", o como "toc", y me produjo un dolor de incendio, y yo pegué un alarido de rabia y de miedo, porque me imaginé que acababa de fracturarme el dedo.

El profesor, viendo peligrar su descanso, se acercó a ver qué había pasado. Me palpó la mano con aires de entendido y diagnosticó: "No tenés nada, pibe". Y siguió el partido. En los días siguientes, mi dedo meñique fue tomando un aspecto monstruoso. Como si tuviera vida propia, aumentó su tamaño hasta un diámetro bastante superior al de mi pulgar, perdió toda movilidad y adquirió una tonalidad morada con vetas de verde topacio y azul volcánico. Cumplida una semana no quedó más remedio que asistir al hospital, y la radiografía no dejó dudas: fractura desplazada de primera falange del meñique derecho. Lo de "desplazada" es casi un eufemismo: los pobres huesos de mi pobre dedo quedaron formando la señal de "camino bifurcado", pero en blanco sobre negro radiográfico, en lugar de los tradicionales negro y amarillo de los carteles de Vialidad Nacional.

Por supuesto, me enyesaron. Y por supuesto, mi profesora me recibió con el rostro consternado. Yo supuse que iba a decirme: "No te preocupes, Sacheri, volvé cuando te saquen el yeso". Pero lo que me dijo fue: "Qué problema, Sacheri. En fin, vamos a aprovechar para practicar solfeo". Y yo, que había pensado que el infierno era el castigo a los pecadores una vez fallecidos, me encontré alzando la mano sana en un rítmico zarandeo para marcar el compás de las interminables cadencias de sol-fa-si-do-do-do, fa-si-do, fa-si-sol, o cosa por el estilo.

En los pocos descansos que la prusiana disciplina de mi tutora consideraba menester administrarme, me urgía a abandonar la práctica del fútbol: "Es así, Sacheri, el fútbol o el piano". Yo la escuchaba, sumiso, sin atreverme jamás a confesarle que el accidente en cuestión me había sucedido jugando de arquero. Confesarle eso habría sido casi como ponerme de pie sobre el taburete y aliviar mis necesidades sobre su piano, tal el tamaño de la afrenta. Mejor el silencio. El silencio y la paciencia. Que al fin y al cabo, lo único grave era esa tortura del solfeo.

Pero quiso mi mala fortuna que nos tocase jugar un desafío contra cuarto octava, un sábado de esos. Por supuesto, yo no tenía la menor intención de perdérmelo, aunque tuviese que jugar de defensor o mediocampista. De manera que ahí me fui, con mi yeso, al mejor estilo René Van Der Kerkhoff en la final del 78, y guai de que me dijeran algo. Pero cuando nuestro arquero suplente se comió un gol pavote no pude con mi impaciencia y retorné a mi puesto natural. A mis compañeros les pareció lo más normal del mundo, y acordamos que alguno se mantuviera cerca para despejar los rebotes, porque con el yeso hasta el codo no iba a poder embolsar el balón.

Y ahí estuvo el problema. En lo de embolsar. Para tirarme al piso el yeso no era un estorbo tan grande, si uno tenía la precaución de caer sobre el otro brazo o sobre el codo de ese. Pero al no poder flexionar la muñeca ni los dedos, no tenía manera de aferrar la pelota. Casi todo el partido la cosa anduvo. De hecho, lo terminamos ganando con cierta comodidad. Pero en un centro lastimero que estos tipos tiraron a la desesperada no tuve mejor idea que ir con las dos manos arriba, con la idea de descolgar el centro al mejor estilo Carlitos Goyén (el arquero del Rojo en esos años). Como no podía doblar una mano se ve que me taré y la otra no me respondió. El caso es que la pelota me pegó, de punta, en el dedo mayor de la mano izquierda. Era una pelota dura, pesada, que encima estaba muy inflada. Y mi dedo medio de la mano izquierda soltó un siniestro "chack", o tal vez "toc", que me erizó los pelos de la nuca.

Y yo, mientras en el piso me retorcía de dolor (me retorcía pero no me podía agarrar la mano herida con la otra mano, porque la tenía enyesada), me retorcía también de pánico pensando cómo iba a decirle a mi vieja que no sólo la había desobedecido en cuanto a jugar al fútbol enyesado, sino que había jugado al arco. Y si sobrevivía a la tempestad de la furia materna, me quedaba el tifón de la cólera de la profesora de piano, cuando advirtiera que no me quedaban brazos no digamos para tocar las teclas, sino ni siquiera para alzar durante el sol-fa-si-la-sol del maldito solfeo.

Esta vez no demoramos una semana en ir al hospital. Con mi dedo medio izquierdo ya en dimensiones de morcilla (y color al tono, por supuesto) enfilamos otra vez para el Santojanni. El médico me miró con conmiseración. Supongo que su mirada quería decir: "Todo imbécil puede ser aún más imbécil", y me dio la orden para la radiografía. La buena noticia era que mi dedo mayor izquierdo no estaba fracturado, aunque tenía un esguince de Padre y Señor nuestro. La mala nueva fue que, de todas maneras, iban a enyesármelo.

Salí del hospital sintiéndome un robot miserable, caminado con las dos manos enyesadas, y anticipándome a las burlas que mis amigos iban a dedicarme. No sólo parecía un Playmobil, sino que mi dedito mayor apuntaba al horizonte en un ademán lleno de procacidad. Pero lo peor no iba a ser la burla de mis amigos.

Lo peor fue presentarme en lo de mi profesora de piano. Cuando toqué la puerta (calculo que apreté el timbre con el codo) ella salió al porche, me miró de hito en hito, abrió muy grandes esos ojos fríos que tenía, y me soltó un discurso directo y conciso: "Sacheri, te dije que era el piano o el fútbol".

Yo sabía que me iba a encontrar con esas palabras. O con otras muy parecidas a esas. Por eso me adelanté, le pedí disculpas y le tendí como pude, con la torpeza de mis dos manos enyesadas, los billetes para pagar las clases de ese mes. La saludé, me di vuelta, salí a la vereda y no volví nunca más.

Un par de semanas después me sacaron el primero de los yesos. Por supuesto que le prometí a mi madre que no iba a jugar al fútbol hasta que me sacaran al segundo. Y por supuesto mentí. Eso sí, me mantuve lejos del arco hasta que terminaran de desenyesarme.

Al final de todo el asunto, el dedo meñique de mi mano derecha mantuvo, desde entonces, una extraña deformación a la altura de la rotura. El otro dedo, por suerte, sanó sin dificultad. Pocos años después dejé el arco definitivamente, para aventurarme en el caos feliz del mediocampo. De todas maneras, mi madre sigue diciendo, para mi pública vergüenza, que debí haber seguido estudiando piano, porque tenía un oído musical privilegiado. Y yo, como en el fondo soy un niño bueno, prefiero callar la verdad y darle la razón.

En cuanto a la tarea de enamorar mujeres, verdadero motor de toda mi aventura como concertista, siguió siendo una tarea ardua, compleja, y raramente coronada por el éxito. ¿Será por eso que terminé dedicándome a la escritura?

## Callate, gordo

La cancha del Rayo Vallecano tiene un aire a la de Argentinos Juniors. Está en un barrio, lejos del centro de Madrid, y las calles aledañas son tranquilas. Además, tiene tribunas solo en tres lados de la cancha. Siguiendo con la comparación con la cancha del Bicho, en lugar de la calle San Blas y sus árboles lo que hay es un paredón y un edificio, y la gente se asoma a los balcones a mirar el partido. Y en eso se parece a la de Ferro. Qué cosa, eso de que uno siempre compara con lo que conoce.

Desde el centro de Madrid se llega en subte. Como quien va desde Plaza de Mayo a Caballito, estación más, estación menos. Subo las escaleras tratando de acostumbrarme a los ruidos, a los olores. No son los míos, claro. Faltan las humaredas de los puestos de choripán y el ruido de los bombos. Sin embargo, hay mucha gente en los alrededores del estadio. Toman cerveza en un par de bares y kioscos que están en la vereda de enfrente. Están llenos de gente, y eso me llama la atención, porque en la Argentina, para evitar los robos, los negocios cierran las rejas y atienden a través de ellas. Pero ahí no. Entro a comprar una Coca de medio litro, para ver el asunto más de cerca. Me cuesta un euro, es decir, seis mangos. Bastante mejor que los quince que te cobran por un vaso de gaseosa adulterada en las canchas nuestras.

El Rayo juega contra el Real Madrid, y me cruzo con hinchas de los dos equipos. La proporción de camisetas es, más o menos, nueve del Rayo por cada una del Real. Van y vienen, despreocupados, alrededor de la cancha, mezclados, sin agredirse ni nada.

Me quedo quieto un rato para apurar la Coca, porque supongo que me harán tirar la botella antes de entrar, en el cacheo. A mi lado hay una señora mayor, de unos setenta años. Trajecito sastre, zapatos de taco, cartera haciendo juego. Combato mi timidez y le pregunto si va a ver el partido y me dice que sí, que no falta nunca. Y mirando con un poco más de atención veo que hay mucha gente mayor, diseminada por ahí, esperando para entrar. Evidentemente, ir a la cancha no es un entretenimiento de riesgo, destinado especialmente a la gente joven apta para los apretujones, las corridas y los empellones de la Guardia de Infantería. A la cancha del Rayo va cualquiera. Incluso un adolescente japonés que lleva, colgada del cuello, una cámara fotográfica con un teleobjetivo de treinta centímetros, que debe costar una fortuna equivalente a los alimentos necesarios para paliar el hambre mundial por varios meses. Me siento un poco tonto, yo que dejé el anillo de casado y el reloj en el hotel, por miedo a los choreos.

En la puerta de acceso me aguarda otra sorpresa. No hay cacheo. Una señora mayor me corta el talón de la entrada y me pide, eso sí, que deje el tapón de la gaseosa en un cesto de basura. Me excuso y me dispongo a apurar lo que me queda de líquido y me explica que no hace falta. Insiste con que simplemente le quite la tapa, que con eso es suficiente.

Subo las escaleras hasta la platea alta. Qué cosa. Eso de subir los escalones grises de cemento y, de repente, toparse con el verde furioso de una cancha de fútbol que refulge con el último sol de la tarde. Eso es igual de lindo en cualquier cancha, en cualquier país del mundo, me parece.

Fila 5, asiento 4. Ahí me voy, ahí me encuentro, ahí me siento. En la popular, en cambio, la gente espera el partido de pie, sin hacer caso de las butacas. Tuve un largo debate íntimo, antes de sacar la entrada, el día anterior, sobre si sacar una popular o una platea. 40 euros la popu. 60, 75 y 80, las plateas. Descartadas rápidamente las más caras, hago la conversión correspondiente. 240 mangos la popu, 360 la platea alta. Me dije que muy pocas veces en la vida —tal vez nunca más— iba a tener la chance de ver un partido de fútbol en Europa. En un rapto de inconsciencia compré la platea. Puesto a elegir entre ver el calor de la hinchada, "los ultras" como les dicen allá, y ver mejor a esas superestrellas del Real, me incliné por la segunda opción. Estoy viejo, supongo.

Ahora, ya sentado en mi butaca, y resignados mis 360 mangos, presto atención a los cantos. En general son más recitados que cantos. Sueltan una frase, hacen palmas, sueltan otra, palmas otra vez, para llevar el ritmo. De repente, me emociono al reconocer un cantito argentino. Es ese con música de Sergio Denis, cuyo estribillo dice algo así como "Hoy, querida mía, / hagamos el amor con alegría", y que es un hit perpetuo de las canchas nuestras. "Te quiero tanto", se llama la canción. En Vallecas, la cantan con un "Vamos, Rayo, vamos, / ustedes pongan huevos, que ganamos", etc. Y yo no puedo evitar cierto orgullo argentino por nuestra influencia en la lírica mundial.

Los dos equipos hacen el calentamiento previo sobre el césped, media cancha para cada uno. Mensaje de texto de mi hijo, pidiéndome que le saque fotos a Cristiano Ronaldo. Como mi teléfono celular es de la época de la guerra de Troya, por más que enfoco y aplico el zoom obtengo una imagen pésima, borrosa, en el fondo de la cual hay una manchita con dos piernas. Una pena, esta tecnología. Me vendría bien una cámara como la del japonés de más temprano, me lamento.

Cuando los jugadores del Madrid se encaminan al túnel para cambiarse, algunos hinchas del Rayo se aproximan a gritarles un poco. Pero no hay manga, ni alambrado, ni escudos policiales. Un par de gritos y listo.

Los equipos salen juntos para el partido. De nuevo los del Rayo cantan la de Sergio Denis. Alzo el cogote para mirar alrededor. Casi toda la gente que me rodea tiene camisetas o bufandas del Rayo Vallecano. La voz del estadio recita las formaciones. Silbidos para los del Madrid, acentuados cuando lo nombran a Mourinho. Dos palmadas cortas y rítmicas después de cada apellido de los locales. Di María es titular e Higuain va de suplente. El Chori Domínguez juega de arranque con los de Vallecas.

El partido empieza parejo, y yo opto de inmediato, a la hora de aplaudir, por el Rayo. Un poco por esta tendencia que uno tiene por simpatizar con el más débil. Y otro poco para llevarle la contra a mi hijo, con quien empezamos una fuerte polémica a través de los mensajes de texto. El Chori distribuye juego en el mediocampo. Pone un par de pases profundos para un delantero alto, jovencito, con pinta de rústico. Alonso está bien plantado de cinco en el Madrid. Cristiano espera bien pegado a la raya, apenas más allá de la línea del mediocampo. En un par de piques, lo deja pagando al marcador de punta. Mala señal, me digo, porque ya estoy convertido en un hincha del Rayo. Me reprendo por semejante toma de partido. Debería estar preocupado por Independiente, que no levanta cabeza y que viene de empatar con Quilmes. De hecho seguiré preocupado por el Rojo, pero encima le sumo la preocupación inútil de que, con Di María, Cristiano se hace un picnic con el 4 y con el 2.

Dicho y hecho. A los quince minutos, Ronaldo manda un pase profundo por la banda izquierda, desborde de Di María frente al marcador de punta que queda con las piernas hechas una trenza, Benzema la toca a la red y uno a cero.

Tengo un sobresalto cuando el gordo que tengo sentado a la derecha salta de su butaca y festeja el gol del Madrid. Lo grita y se abraza con su vecino, que también. "Callate, gordo", me digo para mis adentros. A ver si la cosa se pone brava y termino cobrando. Pero no pasa nada. Más allá, otro grupito festeja. Unas filas arriba, otros más. La gente del Rayo ni mosquea. Sacude la cabeza, sí, contrariada. Mi vecino de la izquierda se queja de lo lento que es el marcador de punta. Coincido con él, un poco porque sí y un poco para que advierta, por mi lamento, que no tengo nada que ver con el gordo que le acaba de festejar el gol en la cara. Que nunca está de más ser precavido, me digo. No tardo en recibir las burlas de mi hijo, que me gasta desde casa, en nuestro perpetuo conflicto Real Madrid-Barcelona.

El Rayo busca el empate. El Chori conduce. ¿Es impresión mía, o aun este equipo modesto y pequeñito de las afueras de Madrid intenta jugar con la pelota contra el piso y buscando a un compañero? Lo comparo con el dolor de ojos que me provoca, en general, el fútbol nuestro. Y como no quiero convertirme en el típico argentino envidioso de lo que en la patria no se encuentra, no sigo con esa línea de pensamiento.

El Madrid mete un par de contras terroríficas pero el arquero resuelve bien. El gordo del Madrid sigue festejando cada avance, y yo sigo pidiéndole tácitamente que se calle y se quede sentado, porque sospecho que tarde o temprano va a agotar la paciencia de los locales. Casillas resuelve un entrevero en el área y termina el primer tiempo. Mi hijo, que me tiene definitivamente alquilado, sigue gastándome por mensaje de texto. Me prometo, al volver a Buenos Aires, secuestrarle el celular por tiempo indefinido.

Cuando los equipos vuelven a la cancha para la segunda mitad, un nene de diez, doce años, se pone de pie para aplaudir a Cristiano Ronaldo. Es gordito, flequilludo, con cara de pocas luces. Candidato a que lo gasten, a que lo manden callar, a que le digan algo por esa devoción por el odiado ídolo visitante. Pero no pasa nada. Otra vez, y van cincuenta, no pasa nada. Los cientos de hinchas del Rayo aceptan que el pibe es del Madrid y que tiene ganas de aplaudir a su héroe. Y cada cual sigue en lo suyo.

En la popular, los "ultras" despliegan una pancarta criticando a Esperanza Aguirre, hasta hace unos días alcaldesa de Madrid. Ella es de derechas y Vallecas es un barrio socialista.

El Rayo sigue buscando, tiene un par de aproximaciones, y el Madrid se para de contra. En una de esas contras el árbitro cobra un penal dudosísimo. La gente del Rayo se indigna de pie. El gordo festeja por anticipado, también de pie. Cristiano lo patea con clase y pone el dos a cero. El gordo vocifera. Ahora sí, me digo. Ahora lo embocan. Y de paso, me ligo un par de piñas de rebote. "Así, así gana el Madrid", corea la hinchada del Rayo, denunciando la prepotencia de los ricos. Pero lo gritan hacia la cancha, hacia el equipo vestido de blanco. No se lo gritan al gordo. Y el gordo, por su parte, no se indigna con el grito. Cada cual hace lo suyo, es decir, lo que quiere y lo que tiene ganas, y lo que siente y le sale.

Al Madrid le anulan un gol. El Gordo se queja. Mi vecino de la izquierda, con su bufanda del Rayo, le explica que estuvo bien anulado. El gordo insiste. El otro también. Sacuden la cabeza, y dan por zanjada la discusión. Por supuesto no van a ponerse de acuerdo. Pero, otra vez, no pasa nada. Son dos tipos mirando el mismo partido, separados por una butaca —ocupada por un pelado argentino que, en esto sí, les tiene una envidia desbocada—. Y pueden hablar de fútbol y seguir mirando.

La gente del Rayo sigue alentando. Gritan: "Se puede", entre palmas, como hacen ellos. El Chori se va reemplazado y aplaudido. Mi hijo me gasta por lo bien que Cristiano pateó el penal. Nobleza obliga, le contesto que tiene razón.

Entra Higuain. Con espacios, Cristiano refuerza el picnic por el lado izquierdo. Le sirve un gol hecho al Pipita, que le pega desviado. Cristiano se da vuelta, hace un gesto de fastidio con los brazos. "Lo manda en cana", digamos, y yo me anoto una razón más para que el virtuoso portugués me caiga un poco peor cada día. Tres minutos después se da la inversa. Centro bajo del Pipita, y Cristiano con todo el arco libre la hace rebotar en el palo. Higuain lo aplaude, de todos modos. Bien, Pipita. Enseñelé, a ese maleducado.

Los del Rayo aprovechan la chambonada de Cristiano. Al unísono, le gritan: "Ton… to. Ton… to", con una sincronización envidiable. Diez, doce veces. Después lo cambian por: "Tris… te. Tris… te". Otra decena. Al final, para mi alegría, lo cambian por: "Me… ssi. Me… ssi". Me apresuro a mensajearle la circunstancia a mi hijo. Algo de revancha, después de todo.

Termina el partido y los del Rayo aplauden. Los del Madrid se incorporan, satisfechos. En cinco minutos se vacían las tribunas. Claro, acá no hace falta que la policía encierre a los locales, como si fueran bestias de la selva, para alejar y poner a salvo a los visitantes.

Me tomo el subte donde están, naturalmente, todos mezclados. Y no puedo evitar cierta envidia del modo en que esta gente convive y se tolera. Y la tristeza de que nosotros no sepamos hacerlo.

Corrijo. En realidad no es no sepamos. Alguna vez supimos. Hace veinte años la gente podía convivir en una tribuna. Y gritar los goles. Y salir de la cancha al mismo tiempo. Y mezclarse afuera del estadio, antes y después de los partidos. Pero lo perdimos. En algún momento, por imbéciles, nos convencimos de que el amor era "el aguante", y que el único trato que merece el que es distinto es la burla, la violencia y el desprecio.

No me interesa que las canchas argentinas tengan la asepsia de los quirófanos, ni que la gente mire los partidos con la admiración circunspecta del público de la ópera. Pero sí quiero ir a una cancha donde las señoras grandes puedan ir con tacos y con cartera, y los pibes puedan aplaudir al que se les dé la gana, y pueda cruzarme con los policías sin temor a un bastonazo nacido de la desconfianza o el resentimiento.

Si fuese así, si fuésemos capaces de convivir como gente, me banco cualquier cosa. Hasta el vaso de gaseosa aguada a quince mangos. Hasta esos matungos que te hacen doler los ojos, porque no pueden poner dos pases seguidos. Hasta esas sucesiones de ocho cabezazos y catorce despejes a dividir, mirá lo que te digo.

## Tirate a la derecha

Dueños de nuestros actos. Así nos gusta sentirnos, al menos en esta cultura occidental en la que mal que mal nos desenvolvemos. Preferimos vernos como seres racionales, pensantes, capaces de tomar decisiones. No estamos convencidos, como los antiguos griegos, de que el destino es una fuerza indomable que obedece al capricho de los dioses y juega con nuestras vidas a su antojo. En otras palabras, nos gusta pensar que nuestros actos edifican de un modo u otro nuestras vidas. Que nuestras decisiones, nuestras omisiones, aun nuestras dudas, configuran lo que habrá de sucedernos. No significa esto que neguemos la existencia del azar. Puede que no. Puede que aceptemos que la suerte —o su ausencia— forma parte del conjunto. Pero no tenemos el fatalismo de sentir que nuestras vidas son ajenas a nuestros impulsos y nuestras acciones. Al contrario. Lo que nos sucede es, al menos en parte, consecuencia de nuestros actos. Y sin embargo, hay una esfera de la vida que para muchos de nosotros reviste una importancia casi capital sobre la que no tenemos prácticamente injerencia ninguna: el fútbol.

No hablo del fútbol chúcaro en el que muchos de nosotros gastamos lo poco que nos queda de oxígeno y articulaciones. El fútbol amateur sí nos tiene como protagonistas. Allí sí, lo que hacemos determina los resultados. Lo que hacemos o (en la mayoría de los casos) lo que no somos capaces de hacer con la pelota. Pero hay otro fútbol, que nos importa tanto como éste, en el que no tenemos "ni arte ni parte", como diría mi madre, que sabe un montón de refranes y expresiones castizas. Hablo del fútbol profesional. Del fútbol como hinchas.

Bien mirada, la situación reviste una crueldad del tamaño de un portaaviones. Una vez que hemos elegido un club, una camiseta, ya no hay vuelta atrás. No importa por qué lo hicimos, si por herencia, por un regalo oportuno de un tío canchero, por una campaña afortunada de tal o cual institución o hasta por oposición al legado que se nos quiere imponer. Para el caso da igual. Hay un momento en nuestras vidas en el que ya no podemos cambiar. No queremos cambiar. No vamos a cambiar. La fidelidad que hemos construido, aunque pueda haber tenido en su origen motivos futbolísticos, pronto deja de tenerlos. Me explico mejor. Pongamos que me hice hincha del equipo Equis porque se coronó campeón después de una campaña memorable en la que desplegó un juego despampanante. El equipo Equis no va a jugar así para siempre. Puede suceder que el año próximo los mejores jugadores emigren al fútbol español, brasileño, ucraniano o uzbeco, donde ganarán mucho más dinero que en nuestra noble patria. Y que el lugar que dejan vacante esos nobles prohombres sea ocupado por una manga de palurdos, torpes percherones lastimeros que sepan de fútbol lo que yo sé de química molecular (que es nada, aclaro). ¿Acaso voy a renunciar a mi fidelidad por Equis? No. Ni se me cruzará por la cabeza. Seguiré hinchando por esa camiseta, independientemente de quienes la vistan y de qué tan horriblemente jueguen.

Y mi humor cotidiano tendrá mucho que ver con cómo les vaya el fin de semana. Y la materia de mis insomnios. Y la ternura de mis esperanzas. Es verdad que, salvo que yo sea más estúpido que la media, seguiré considerando que hay cosas más importantes que el equipo Equis. Pero los avatares de su desempeño teñirán, como una pátina, un esfumado, esas otras cosas más importantes. Si las cosas importantes de mi vida van mal, el razonamiento será: "No me sale una, pero por lo menos Equis anda bien". Y si las cosas de mi vida marchan bien, tal vez el diálogo íntimo diga: "Es cierto que mi vida camina bárbaro, y sin embargo a XX le está yendo para el traste". Ahí estará esa pátina, ese telón de fondo, esa especie de luz de cielo límpido o nublado que teñirá el resto de los colores.

Y no hay nada —repito—, *nada* que podamos hacer al respecto. Nosotros no jugamos en XX. No somos dirigentes de XX. No formamos parte del cuerpo técnico del plantel profesional. Como mucho vamos a la cancha, siempre y cuando dispongamos de unos cuantos mangos, y la cancha no nos quede a quinientos kilómetros (cosa que acontece mucho más a menudo de lo que muchos porteños gustan de pensar). Y ahí estamos nosotros, los hinchas de Equis. Con mucho para desear, con mucho para padecer, con mucho para perder, con mucho para añorar, pero con *nada* para hacer.

Y en ese terreno fértil que queda a mitad de camino del amor, de la inacción y de la impotencia, surgen las cábalas. Esas fantochadas, esas burdas elucubraciones inútiles que casi todos los futboleros fabricamos en la necesidad de sentir que sí, que sí tenemos parte, que sí hay algo que depende de nosotros en este entuerto.

Detengámonos por un instante, amigos lectores. Todos. Todos nosotros, futboleros y cabuleros como somos. Usted amigo, sí usted, sáquese ese ridículo sombrerito tipo Piluso que utiliza desde que Chacarita salió campeón en el 69. Lárguelo, le digo. O usted, amiga. Sí, a usted le hablo, señora. Quítese ese colgante de cuernitos que usa desde que Mostaza Merlo sacó campeón a la Academia en 2001. Los dos de allá, los del fondo, los de la camiseta de Boca. Pongan para lavar de una buena vez esas camisetas que usan desde que Bianchi ganó el primer torneo, allá por el 98. Sí, esas que tienen la banda amarilla bien ancha. Y ahora los demás. Largando los amuletos. Despacio. Pongamos las manos donde el resto pueda verlas. Lo mismo con los sillones, sillas, mecedoras y banquitos. Esos que, según ustedes, les garantizan el triunfo, porque vaya a saber en qué año, sentados ahí, ganaron tal o cual partido memorable. Ahora las radios portátiles. Sí, por favor. No se resistan. Las radios también. Esas que tienen tantos años que consumen más que un Ford Fairlane. Esas que ahora no pueden llevar a la cancha porque cada pila puede convertirse en un proyectil asesino de medio kilogramo. Ya sé que con esa radio, y con ninguna otra, escucharon la vuelta olímpica que les contó Fioravanti, Muñoz o Víctor Hugo. Por último, los que cultivan el género de "cábala-promesa". No se hagan los giles. No me pongan carita de que no entienden. Vamos, que no tengo todo el día. Hablo de esos que prometen en silencio tal o cual conducta ridícula, o dificultosa, o ridícula y dificultosa, con tal de que su equipo gane. ¿Ejemplo? No me engañen. ¿Insisten? Bien. Ahí va uno: "Si mi equipo gana el clásico, no voy ni siquiera a probar la picada de los viernes durante cuatro meses". ¿Queda claro? Esa estupidez o cualquier otra. Bien.

Y ahora, que todos nos hemos despojado de las cábalas. Pensemos. ¿Qué ha cambiado? ¿En qué puede influir que yo vaya a la cancha ataviado siempre con el mismo calzoncillo? ¿En qué puede modificar el destino de mi equipo el hecho de que yo, antes de cada fecha, comulgue en la misa de siete de los viernes? ¿Qué influencia puede tener, sobre los innumerables eventos de un partido, que yo me bese el codo izquierdo en cada ataque de los rivales? ¿Qué injerencia posee, sobre el desempeño del equipo, mi ingesta de salamín?

No sirve de nada. No modifica nada. No cambia nada. Y sin embargo, los futboleros necesitamos fantasear con que sí, con que conservamos algo de control, con que algo que hagamos, o que digamos, o que establezcamos, como sumos sacerdotes de una religión que únicamente nosotros comprendemos, obrará el milagro de poner a esos fulanos a jugar al fútbol como deben.

Ahora, mientras busco ponerle el punto final a esta columna, me asalta un recuerdo. Año 1980, 1981, no estoy seguro. Tribuna popular local de la cancha de River. Mi hermano me ha llevado a ver a su equipo. No cabe un alfiler. No me acuerdo contra quién juegan los millonarios. Pero sí me acuerdo de que, con el partido 0 a 0, el árbitro cobra un penal para los visitantes en el arco que da hacia donde estamos nosotros. Justo detrás de mí, también de pie, hay un anciano. Y el viejo murmura, mientras el Pato Fillol se agazapa: "Tirate a la derecha, Pato. Tirate a la derecha". Sobreviene el penal. Y el Pato ataja el disparo, arrojándose hacia su lado derecho. El viejo, jubiloso, repite una vez y otra que el Pato lo escuchó. No lo dice en sentido figurado. Lo dice y lo repite hasta el cansancio (cansancio ajeno, de los que estamos cerca del viejo, porque él continúa reiterándolo, feliz e imperturbable) convencido de que si River no va perdiendo es gracias a él, a su pálpito apenas murmurado, pálpito que de un modo mágico e inexplicable ha sobrevolado miles de cabezas, la bandeja inferior de la tribuna Almirante Brown, la pista de atletismo, la hilera de fotógrafos y bomberos, hasta aterrizar en la renegrida cabellera del Pato Fillol y convencerlo de que el penal era justo ahí, abajo y a la derecha.

En fin, basta por hoy. A ver, usted, el de Chacarita. No se olvide el gorro tipo Piluso. ¿De quién eran estas dos camisetas de Boca? Bien, aquí las tienen. Acá me queda un radiograbador sin dueño… De nada. Retirémonos en orden. Y sí, sigamos con nuestras cábalas. ¿O acaso el fútbol no necesita, también, de nuestra perpetua inocencia?

## Las llaves del reino

Quizá sea un sacrilegio, pero cada vez que quiero recordar la muerte de mi abuela lo primero que se me ocurre es que River y San Lorenzo empataron uno a uno. Que empezó ganando River y que San Lorenzo empató por un error del arquero Carrizo.

Qué ridículo, ¿no? Resulta casi vergonzoso. Pero no puedo evitarlo. Después sí. Una vez que he recordado ese torpe detalle futbolero, sí. Entonces mi mente puede viajar hasta el Centro Gallego y esa tarde gris de domingo solo. Mi abuela tiene ciento tres años. Casi ciento cuatro. Nació el 19 de junio de 1907 y yo, de chiquito, sentía que era una persona terriblemente afortunada con eso de haber nacido la víspera del Día de la Bandera. Que tu cumpleaños cayese en la víspera de un feriado me parecía el colmo de la felicidad.

Faltan unas pocas fechas para que termine el campeonato y, aunque no lo sepa del todo, River ya se ha introducido en esa debacle sin retorno que va a conducirlo a la promoción y al descenso. Yo estoy atento al asunto, porque Independiente anda rondando, también, esas zonas peligrosas de la tabla. De modo que mi hijo me mantiene al tanto del resultado del partido, a través de sus habituales mensajes de texto.

Mi abuelita Nelly tiene ciento tres, casi ciento cuatro. Y eso del "casi" me causa un poco de gracia.

Es algo que uno hace con los chicos, cuando son chiquitos. Eso de dar su edad inminente. "Tiene dos años y diez meses, casi tres." Con los bebés y los chicos chiquitos uno tiene esa disposición a crecerlos a la fuerza. Las personas encuentran un módico orgullo en esto de aumentarles la edad. Con mi abuela, en mi familia hacemos lo mismo. Ha tenido una salud de roble y una lucidez intacta. Desde que cumplió los ochenta que en mi familia nos enorgullecemos con su modo de envejecer. Y por eso, en agosto o septiembre ya estamos agregándole un "casi" a su edad, y mandándola de prepo al casillero que sigue. Pobre abuela. Pero ahora es cierto. Estamos a mediados de mayo, y no falta nada para el 19 de junio.

Del Clausura 2011 faltan cuatro o cinco fechas. Con mi hijo estamos atentos, atentísimos, porque el Rojo anda rozando las zonas peligrosas de la tabla. Ignoramos que, poco más de un año después, estaremos aún más atentos, atentísimos, a las mismas regiones del peligro.

Con mi abuela, en cambio, nadie en la familia ignora lo que pasa. En los últimos tiempos su corazón se ha debilitado mucho. Es su tercera internación en unos meses. A mí me toca, este domingo grisáceo de otoño, acompañarla durante la tarde. Me llevo un libro, para matar las largas horas en las que mi abuelita duerme. Cosa curiosa. No tengo ni idea hoy, al escribir esta columna, de qué libro se trata. En un momento mi abuela sale de su sueño vaporoso y me pregunta qué libro estoy leyendo. Sé que le muestro la tapa y le comento algo al respecto. Pero ahora soy incapaz de recordar qué libro era. Cuando la veo despierta cierro el libro y lo dejo sobre el sofá de los acompañantes. Ella me dice que no, que siga leyendo. Pero yo no quiero. Quiero conversar con ella. Me pide que le cuente del autor, o de qué va la novela. Le hago caso, aunque hoy tenga absolutamente borradas las dos cosas.

También tengo borrado con quién jugó Independiente esa fecha. Y si ganó o empató. Sé que no perdió, porque fue el tramo del campeonato que le permitió escaparle a la promoción, mientras River quedaba atrás.

Después de hablar del libro, con mi abuela nos deslizamos a hablar de cosas más importantes. Supongo que ambos disfrutamos ese rato sin que nadie nos interrumpa. En las últimas semanas no hemos tenido demasiadas chances de hacerlo. Mucha gente por el medio a todas horas, como suele ocurrir cuando una persona está muy enferma. Si no es mi madre es mi tía. Y si no, mis hermanos o mis primas. Y si no, alguna enfermera.

Pero esa tarde de domingo y de pasillos vacíos tenemos tiempo hasta de ser sinceros. Gracias a Dios, nos damos el tiempo de hablar de frente. Ella me comenta lo mal que se siente. Lo mal que está. Y yo, sin oídos de terceros, piadosos e indiscretos, me tomo la libertad de darle la razón. No tenemos ganas, ni mi abuela ni yo, de andarnos con florituras inútiles. Nada de tenés que comer para estar fuerte, ni de que tenés un color de piel saludable, ni de seguro que te mejorás. No. Nada de eso. A mí me sale más un qué cagada, es cierto, abuelita, estamos complicados.

En la cancha también pasa. Gente que, cuando un equipo se desmorona, teme decir los nombres de las cosas. Y gente que prefiere callar o decir en voz alta esos secretos a voces. Sonamos. Ahora nos embocan.

Sinceridad. Esa serena sinceridad. En este párrafo recaigo en el mismo sacrilegio. Vuelvo a mezclar el fútbol —ahora no como recuerdo, sino como metáfora— con una tarde de hospital y con mi abuela moribunda. Pero no tengo otro modo, lo lamento. Así vienen las cosas. En una trenza que no me pertenece.

Es fuerte mi abuela. No digo sus huesos ni su corazón. Hablo de cosas más profundas y más importantes. Ahí sí, es fuerte mi abuela. Le preocupa dejar solas a sus hijas. Esas hijas que también son ancianas. Yo la tranquilizo. Sin mentir. En esa pieza casi a oscuras no nos hacen falta las mentiras.

Carrizo viene de mandarse una macana, dicen, en cancha de Boca. Yo no pienso así. O mejor dicho, cuando lo discuto con amigos de River, me empeño en introducir matices. Ya sé que Carrizo sale al cruce del tiro de esquina de Mouche y es él quien introduce la pelota. Es gol en contra. Perfecto. Pero también creo que River marca horrible en ese córner, y Carrizo se ve obligado a sacar a los manotazos a Chávez, y eso lo hace llegar mal y distraído, y si la pelota le hubiese pegado a tres centímetros de donde le pegó habría quedado muerta y lista para embolsar en dos tiempos. Pero como le pegó en la base del pulgar —o eso me parece a mí— la bola salió para el peor de los lugares. O será que, como ex arquero, me cuesta acusarlos de sus errores. Aunque el del partido con San Lorenzo sí. Ahí no tengo nada que decir, verdaderamente.

Lo mío no tiene remedio. Ya no sólo estoy mezclando mi última conversación con mi abuela con un partido de fútbol, sino con dos. Pero es así. No puedo evitarlo. Con mi abuela nos damos la mano, y de a poco vuelve a quedarse dormida. Sin soltar esos dedos cuya piel parece de papel vuelvo a agarrar el libro. Con la izquierda. Es un libro chico, porque aunque no recuerde el título ni el autor, sí tengo mi propia imagen, sentado en el borde izquierdo de la cama, con la mano derecha sosteniendo las de mi abuela que duerme, y con la zurda teniendo el libro y rebuscándome para pasar las páginas con los dedos de esa sola mano.

De vez en cuando dejo el libro y veo dormir a mi abuela. No puedo decir que estoy feliz. No puedo estar feliz con la muerte ahí, a la vuelta de la esquina. Pero estoy en paz, que ya es bastante. Estamos, los dos, me parece. Hemos dicho y escuchado cosas importantes. No importa cuáles son. Quedan para nosotros. Pero hemos sido capaces de hablar de la muerte que se viene al galope. Y de qué será de la vida de los vivos. Con eso basta.

Nos hemos librado del fastidio de mentir mentiras. Nada de curaciones milagrosas ni de recuperaciones postreras. No es el caso. Porque tiene ciento tres, casi ciento cuatro, y su corazón no quiere más sopa. Y pudimos hacernos los tontos o aprovechar el rato que nos da su cansancio y nuestra soledad para decirnos las cosas importantes que no queremos que nos queden en el tintero. Y eso último fue lo que hicimos.

Es como un partido de fútbol al que le quedan dos minutos y vas perdiendo cuatro a cero. Hay tipos que prefieren poner una patada feroz para que los echen y no tener que ser bailados esos dos minutos. O hinchadas que rompen el alambre para suspenderlo. O falsos caudillos que inventan tumultos en el mediocampo para sustraerse al "ole, ole".

Pero también hay gente que juega esos dos minutos como se debe: a conciencia, haciendo lo que hay que hacer. ¿Sin ganas? Perfecto. ¿Sin esperanza? Seguro. Pero con la tranquila serenidad de que es lo que tiene que hacer.

Y de nuevo acá estoy yo, mezclando cosas que no debería mezclar. Recordé a mi abuela en su cama del Centro Gallego, el domingo que anochece, y las cosas importantes que pudimos decirnos. Pero para llegar a eso, primero pensé en River-San Lorenzo, el uno a uno, el mensaje de texto que me envía mi hijo, cuando afuera ya es de noche. "Empataron. El gol de San Lorenzo se lo comió Carrizo."

Esté bien o mal, el fútbol para mí es, también, eso. Una llave que conduce a lugares más profundos. Más importantes. Probablemente yo sería un hombre más profundo, más digno, más cabal, si pudiese entrarles a los temas importantes de la vida y de la muerte sin mediaciones, sin rodeos y sin antecámaras. Aunque, si quiero ser benévolo conmigo mismo, puedo conformarme y agradecerle al fútbol actuar como una puerta, un territorio conocido, una zona feliz de mi vida en la que puedo sentirme en casa. Y una vez allí, en esa casa segura y conocida sí, abrir esas puertas necesarias donde habitan, a veces, el dolor y la tragedia.

Así son las cosas. Me hace bien recordar la última conversación que tuve con mi abuela en el Centro Gallego, en mayo de 2011, cuando ella estaba a punto de cumplir los ciento cuatro. Y el modo de entrarle a esa tarde es el empate de River-San Lorenzo, y el gol pavo que se comió Carrizo. Y yo no lo puedo evitar.

Y casi como un corolario que no busco, pero encuentro, en esta mañana de Castelar en octubre, mientras le busco la última oración a esta columna, me interrumpe un mensaje de mi hijo. A cuento de nada, me pide que mueva mis supuestas influencias para que le consiga entrar al césped de la cancha del Rojo, el domingo, cuando nos toque jugar contra Rafaela. Sonrío mientras me dispongo a sacarlo carpiendo. Lo único que falta es que este mocoso me ponga a pedir favores y a pasar vergüenza. Pero sonrío mientras tecleo la respuesta en el teléfono. El mismo fútbol que me llevó a ese hospital ahora me trae de vuelta. Al centro de la vida.

# Índice

*Nota del editor*      9

Aviones en el cielo      11

Veinte pibes en la cornisa      18

Una de escorpiones      24

Pintura en aerosol      30

La mejor de mi vida      36

Señores jugadores      42

El túnel del tiempo      48

Hijos nuestros      54

La tarde que Erico hizo un gol para mí      59

Los momentos vividos      65

Cinco millones de lágrimas      71

Dos mundiales y un país de fantasía      81

El último de estos últimos      89

Domingos a la tarde      94

Mala racha      99

Cabezas en la playa      107

La vida que soñamos      115

22 de junio de 1986      123

¡¿Qué cobrás?!      132

English lesson      139

Estrellita mía      145

No es tu culpa      151

Lecciones de piano      157

Callate, gordo      167

Tirate a la derecha      176

Las llaves del reino      182

*Las llaves del reino* de Eduardo Sacheri
se terminó de imprimir en julio de 2016
en los talleres de
Ultradigital Press, S.A. de C.V.
Centeno 195, Col. Valle del Sur,
09819 México, Ciudad de México.